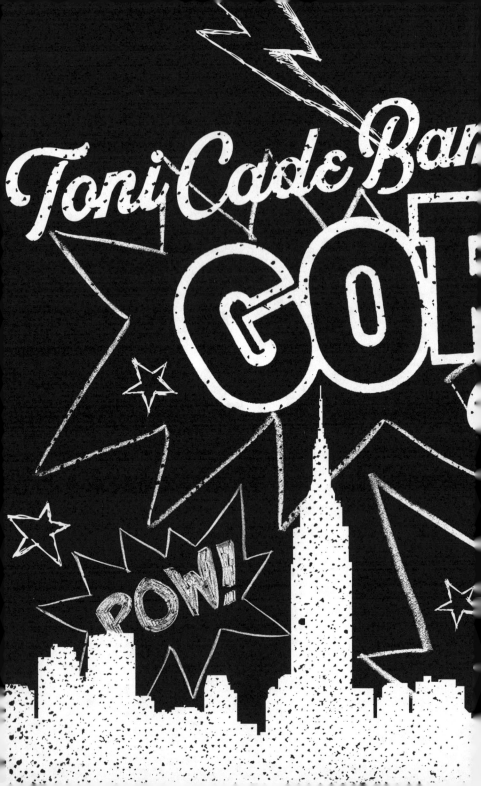

bara

ILA

Neu amor

CinemaScope
SPECIAL PRODUCTION EDITION
U.S.A.
NEW YORK, N. Y.

DARKLOVE.

Gorilla, My Love
Copyright © 1960, 1963, 1964, 1965, 1968,
1970, 1971, 1972 by Toni Cade Bambara

Todos os direitos reservados. Publicado nos Estados Unidos pela Vintage Books, divisão da Random House, Inc., Nova York, e simultaneamente no Canadá pela Random House do Canadá Limited, Toronto. Originalmente publicado em capa dura pela Random House, Inc., Nova York, em 1972.

Tradução publicada mediante acordo com a Random House, selo e divisão da Penguin Random House LLC.

Acervo de imagens:
© Alamy, © Getty Images © Retina78

Tradução para a língua portuguesa
© Nina Rizzi, 2022

Diretor Editorial
Christiano Menezes

Diretor Comercial
Chico de Assis

Gerente Comercial
Giselle Leitão

Gerente de MKT Digital
Mike Ribera

Gerentes Editoriais
Bruno Dorigatti
Marcia Heloisa

Editora
Nilsen Silva

Capa e Projeto Gráfico
Retina 78

Coord. de Arte
Arthur Moraes

Coord. de Diagramação
Sergio Chaves

Finalização
Sandro Tagliamento

Preparação
Ana Cecília Agua de Melo

Revisão
Laís Curvão
Lorrane Fortunato
Retina Conteúdo

Impressão e Acabamento
Ipsis Gráfica

DADOS INTERNACIONAIS DE CATALOGAÇÃO NA PUBLICAÇÃO (CIP)
Jéssica de Oliveira Molinari CRB-8/9852

Bambara, Toni Cade
  Gorila, meu amor / Toni Cade Bambara ; tradução de Nina Rizzi.
— Rio de Janeiro : DarkSide Books, 2022.
  192 p.

  ISBN: 978-65-5598-186-5
  Título original: Gorilla, My Love

  1. Contos norte-americanos 2. Negros na literatura
  I. Título II. Rizzi, Nina

22-1833   CDD 813

Índices para catálogo sistemático:
1. Contos norte-americanos

[2022]
Todos os direitos desta edição reservados à
DarkSide® *Entretenimento LTDA.*
Rua General Roca, 935/504 — Tijuca
20521-071 — Rio de Janeiro — RJ — Brasil
www.darksidebooks.com

CINEMASCOPE
SPECIAL PRODUCTION EDITION
NEW YORK, N. Y.   U. S. A.

Toni Cade Bambara
GORILA
Meu amor

Tradução
Nina Rizzi

DARKSIDE

Sumário

13. Uma espécie de prefácio
15. Nota sobre a tradução

21. Meu Cara Bovanne
31. Gorila, Meu Amor
41. A corrida do Raymond
53. O cara do martelo
63. Mississippi Ham Rider
75. Feliz aniversário
81. Brincando com o Punjab
89. Falando do Sonny
97. A lição
109. A sobrevivente
131. Querida cidade
137. O desalento num é um pássaro mangão
147. O porão
159. Maggie das garrafas verdes
171. As Garotas Johnson

*Para as Garotas Johnson, com o mais profundo
e compassivo amor e respeito.*

Uma espécie de prefácio

Não é muito legal escrever ficção autobiográfica porque no minuto em que o livro chega nas livrarias, lá vem sua mãe gritando como você pôde e suspirando o que eu fiz pra merecer isso, e ela te puxa pra fora da cama pra te interrogar sobre o que estava acontecendo lá no Brooklyn enquanto ela trabalhava em três empregos e tentava te dar uma vida melhor porque descobriu na página 42 que você estava se metendo com aquele moleque indecente na rua e começa a soluçar bastante e é lógico que sua família como quem não quer nada aparece pra espiar de olhos sonolentos o show às cinco da matina, mas no que diz respeito à sua mãe, é mil-novecentos-e-quarenta-e-qualquer-coisa e você ainda pode muito bem levar umas chineladas na bunda.

E também não é muito legal usar trechos ou fragmentos de acontecimentos reais ou pessoas reais, nem mesmo se você encobrir, disfarçar, trocar uma coisa aqui e mudar outra ali, porque quando sua melhor amiga passa com o carrinho de roupa suja fazendo barulho, mas você demora pra se ligar, você desce a rua atrás dela e se depara com essa forte frente fria que com certeza o meteorologista não previu e sua amiga diz de uma maneira fria que mal pode acreditar que levou uma facada nas costas à caneta da própria amiga, e pelas próximas duas ruas você tenta explicar que a personagem não é ela de jeito nenhum, que só está falando umas coisas típicas dela, e bem na hora em que você entra na lavanderia e está pronta pra entregar os pontos e admitir que fez tudo errado, ela vira pra você e diz que já que você roubou a alma dela e levou embora um pedaço de carne dela, o mínimo que você pode fazer agora é dar metade dos direitos autorais pra ela.

Por isso, meu negócio é ficção pura, porque valorizo minha família e minhas amizades e, principalmente, porque eu sempre acabo mentindo muito mesmo.

Nota sobre a tradução

Gorila, Meu Amor foi escrito originalmente em African American Vernacular English, também conhecido como Black English. O Black English é uma variante negra do inglês que surgiu da fusão de diversas línguas africanas com o inglês, quando os povos africanos foram sequestrados e trazidos para a América do Norte. Um idioma, um dialeto, uma variação, uma gíria, um sotaque, nunca são formas "erradas" ou "inferiores" de outro idioma, e o uso do Black English pelas comunidades negras nos EUA não significa que seus integrantes não saibam falar o inglês formal, nem que ele seja apenas um registro linguístico: rasurar a linguagem, erguer a voz e usar a própria língua é uma forma de resistência política, uma afronta ao racismo e um empoderamento da comunidade negra.

Toni Cade Bambara escreveu que conheceu o "poder das palavras" desde criança nas ruas do Harlem, Queens e Jersey City, onde cresceu, e via nesse "poder" uma ferramenta legítima para a mudança social. E foi através da linguagem — quebrando a língua do colonizador e inscrevendo a de seu povo com suas próprias vozes — que Bambara individualizou e particularizou as experiências e as vozes de suas personagens, desafiando as representações tradicionais de pessoas negras, captando as cadências e ritmos das diferentes variantes do Black English, da fala negra sulista rural às diferentes comunidades urbanas, de forma autêntica e expressiva.

Para esta tradução, nossa decisão foi tornar este trabalho o mais fiel possível à intenção de sua autora, sem uniformizar a diversidade fonética e gramatical presente no texto em Black English. Desse modo, jamais poderíamos traduzir para o português da "norma culta", a língua do colonizador.

Além da intensa e imersiva pesquisa da tradutora e pesquisadora, a edição teve como base as diversas variantes de Black English faladas nos anos 1960 e 1970 e também as variantes de pretuguês no Brasil. O pretuguês, segundo a pensadora Lélia González, é "a marca da africanização no português falado no Brasil", ou seja, o português falado pelas comunidades afrodiaspóricas brasileiras, o linguajar da negritude. Assim, esses contos, no nosso idioma, têm a linguagem viva falada nas ruas e comunidades rurais.

Nina Rizzi

Formada em História pela UNESP e mestra em Literatura Comparada pela UFC, Nina Rizzi desenvolveu diversas pesquisas junto ao MST (Movimento dos Sem Terra) nas áreas de História, Cultura e Educação. Tem poemas, textos e traduções publicados em diversas revistas, jornais, suplementos e antologias em países como Brasil, México, Espanha, Suécia, Estados Unidos, Angola e Moçambique.

Meu Cara Bovanne

Pessoas cegas têm um vício de ficar cantarolando, se a gente reparar. O que é perfeitamente compreensível já que quando cê tá perto de uma delas cê se dá conta do que não ter olhos te força a fazer para enxergar as pessoas, aí cê passa e olha a primeira vez, desavisada, como se tivesse vindo do nada e meio que de repente tá lá na igreja de novo com velhas gordas e velhos grunindo um som baixinho na garganta pro que quer que o pregador tivesse dizendo. Shakey Bee tá com o lábio inferior todo inchado de tanto beber Sweet Peach e eu explicando como é que o pão de batata-doce dessa vez custou vinte e cinco centavos e não um dólar como sempre e ele diz aham ele entendeu, aí ele faz essa *provocação* tipo um cantarolar que é meio quieto, mas também é igualmente feroz, se cê não tá pronta pra isso. E eu não tava. Mas me acostumei e a única vez que tive que dizer alguma coisa sobre isso foi quando ele tava jogando damas na varanda uma vez e começou uma cantoria bastante de igreja pra mim. Aí eu falei:

"Olha aqui, Shakey Bee, não posso derrotar você e Jesus ao mesmo tempo." Ele parou.

Foi por isso que convidei Meu Cara Bovanne pra dançar. Ele não é meu cara, nada a ver, é só um coroa gente boa do bairro que todo mundo conhece porque ele conserta coisas e as crianças gostam dele. Ou costumavam gostar até só pensarem em Black Power e fazerem a confusão toda e não respeitarem mais os velhos direito. Então a gente tá nesse evento beneficente pra prima da minha sobrinha que tá se candidatando pra alguma coisa com o apoio de um partido aí. E me aproximo pra dançar com o Bovanne que é cego e tô cantarolando e ele tá cantarolando, peito com peito, tipo conversando. Não enfiei meus peitos no homem. Não tinha nada a ver com peitos. Era sobre vibrações. E ele sacou e perguntou que cor de vestido eu tava usando e como meu cabelo tava arrumado e como eu tava sem um cara, não foi intrometido, só simpático, e quem que tava ali no evento e se os canapés eram gourmetizados ou bons o bastante pra pegar uns. Tento mostrar que tô alegre e à vontade. Tocando ele como uma mão que toca um pandeiro ou um tambor.

Mas na mesma hora o Joe Lee veio até a gente e fez cara feia porque tô dançando perto demais do cara. Meu próprio filho que sabe como sou calorosa. E os marmanjos não fazem interurbano no meio da noite pra se consolar um pouco com a mamãe? Mas ele fez cara feia. O que não tá certo, já que o Bovanne não consegue ver nem se defender. É só um coroa simpático que conserta torradeira e ferro quebrado e bicicleta e coisas assim, e que troca a fechadura da minha porta quando os homens bagunçam minha vida. Um cara massa. Mas não é por isso que convidaram ele. O movimento e as raízes, sabe. Eu e a irmã Taylor e a mulher que faz cabelo no Mamies e o homem da barbearia, a gente tava lá por sermos considerados "raiz". E nunca fui mais pro sul do que o túnel Brooklyn-Battery e nunca mais pro interior do que a janela da minha escada de incêndio. E ontem mesmo meus filhos me diziam pra tirar esses trapos caipiras da minha cabeça e ser descolada. E agora não sou preta o bastante pra eles. Aí todo mundo tá falando Meu Cara Bovanne. Grande coisa, continuam passando e nem param um minuto pra pegar uma bebida pro cara ou um daqueles sanduíches fofos ou contar pra ele o que que tá rolando. E ele fica parado ali, animado pro papo, com um sorriso pronto caso alguém fale. Por isso que puxo ele pra pista de dança e dançamos nos espremendo pelas mesas e cadeiras e aqueles casacos todos. As pessoas ficam se encarando e conversando sobre isso e aquilo mas não têm papo pro cara cego que consertou patins e patinetes pra todas elas quando ainda eram crianças. Aí sou puxada pra pertinho dele e fico batucando o ritmo da música na barriga dele. E aí vem minha filha olhando pra mim daquele jeito quando me fala do meu eu "apolítico", como se eu tivesse febre aftosa e não existisse mais esperança. Eu nem ligo pra ela e só olho pra cima, pro rosto sombrio do Bovanne, e falo que a barriga dele é que nem um tambor e ele ri. Ri bem alto. E aí vem meu caçula, Task, e dá um tapinha no meu cotovelo que nem se fosse o monitor da terceira série e eu tivesse furando a fila na hora do recreio.

"Eu tava só falando que parecia um tambor", expliquei quando eles me puxaram pra cozinha. Achei que o tambor era minha melhor defesa. Eles podem ir se acostumando com esses papos sobre tambor já que tão tão interessados nesse negócio de origem. E a barriga do Bovanne é igualzinha àquele tambor que o Task me deu quando voltou da África. Cê só toca e o som ecoa. Aí eu insisti na história do tambor. "Só tô tocando tambor, só isso."

"Mamãe, que que cê tá falando?"

"Ela bebeu muito", diz a Elo pro Task, porque ela não fala comigo desde aquele bate-boca feio sobre minhas perucas.

"Olha aqui, mamãe", diz o Task, o gentil. "A gente só tá tentando te dar um toque. Cê tava dando o maior vexame dançando daquele jeito."

"Dançando de que jeito?"

O Task passou a mão na orelha esquerda que nem o pai dele fazia e o pai do pai dele também.

"Que nem uma cadela no cio", diz a Elo.

"Bem, hã, eu ia dizer que nem uma daquelas mulheres taradas que tão envelhecendo e não sabem se comportar. Tá me entendendo?"

Eu nem respondo porque vou chorar. Que coisa terrível quando seus próprios filhos falam assim com você. Me puxando pra fora da festa e me empurrando pra cozinha dum estranho no fundo dum bar, que nem a maldita polícia. E eu não sou velha, velha. Ainda posso usar uns vestidos de alcinhas sem a carne do braço ficar balançando. E eu ainda tô por dentro de algumas coisas por causa das crianças. Que nem são mais crianças. Pra ouvir elas dizerem isso. Então nem digo nada.

"Dançando com aquele macho", diz a Elo pra Joe Lee, que tá se apoiando no freezer do pessoal. "Ele não pode farejar um branquelo a um quilômetro de distância que já fica todo animadinho. E aqueles olhos. Ele poderia ser um pouquinho gentil e colocar uns óculos escuros. Quem quer olhar praqueles fusíveis estourados que..."

"É isso que chamam de conflito de gerações?", pergunto.

"Conflito de gerações", cospe a Elo, que nem se eu tivesse sugerido pra botar óleo de peroba e guisado de gambá nos milk-shakes ou qualquer coisa assim. "Esse é um conceito branco prum fenômeno branco. Não existe diferença de geração entre os pretos. Nós somos uma co..."

"É, tá, não importa", diz Joe Lee. "A questão, mamãe, é... Bem, é orgulho. Cê passa vergonha e a gente também dançando daquele jeito."

"Eu não tava passando vergonha." Aí ninguém fala nada. Todo mundo parado ali com suas roupas legais e suas bebidas vindo pra cima de mim e eu no banco dos réus e de mãos vazias. Parecia que a polícia tinha me dado um baculejo.

"Pra começar", diz o Task, levantando a mão e contando nos dedos os desaforos, "o vestido. Esse vestido é muito curto, mamãe, e decotado demais pruma mulher da sua idade. E Tamu vai fazer um discurso hoje de noite pra iniciar a campanha e eu vou te apresentar e a gente espera que cê organize o conselho de anciãos..."

"Eu? Ninguém me perguntou nada. Cê num quer dizer a Nisi? Ela mudou de nome?"

"Bem, o Norton devia te contar isso. A Nisi quer te apresentar e depois encorajar os mais velhos a formar um Conselho de Anciãos pra agir como uma orientação..."

"E cê vai ficar lá com os peitos pra fora e essa peruca na cabeça e o vestido mostrando a bunda. E as pessoas vão dizer: 'Não é aquela vadia assanhada que tava ralando com o cego?'."

"Elo, relaxa um pouco", diz o Task, passando pro próximo dedo. "E ainda tem a bebida. Mamãe, cê sabe que não pode beber porque num piscar de olhos vai ficar falando alto e gargalhando." E ele mostrou outro dedo pra gargalhada. "E ainda tem a dança. Cê ficou grudada no cara por quatro discos direto e se arrastando toda mole até nas músicas agitadas. Como que cê acha que vão olhar pruma mulher da sua idade?"

"Qual é minha idade?"

"Quê?"

Meu Cara Bovanne • 25

"Tô fazendo uma pergunta simples. Cês ficam aí falando o que que é adequado pruma mulher da minha idade. E aí, qual é minha idade?" E Joe Lee fecha os olhos e faz uma careta pra calcular. E o Task passa a mão na orelha e olha pro copo como se os cubos de gelo calculassem as coisas pra ele. E a Elo só fica olhando pro alto da minha cabeça como se fosse arrancar a peruca de mim a qualquer momento.

"Seu cabelo tá trançado embaixo dessa coisa? Se tá, por que que cê não tira isso? Cê sempre fez uma trança rasteira caprichada."

"Aham", respondi, pensando que como ela não conseguiu desfazer o cabelo fica aí falando de trança caipira. Nada disso era o assunto. "Eu perguntei qual a minha idade."

"Sessente-um ou..."

"Você é um desgraçado de um mentiroso, Joe Lee Peoples."

"E isso é outra coisa", diz o Task com outro dedo.

"Vão lá pra onde cês sabem", digo, me levantando e batendo a mão pra desamassar a roupa.

"Ah, mamãe", chama a Elo, colocando a mão no meu ombro dum jeito que ela não faz desde que saiu de casa, a mão pousando de levinho sem certeza de que devia tá lá. Isso dói no meu coração. Porque essa era a filha dos nossos sonhos antes do sr. Peoples morrer. E carreguei essa filha amarrada no peito até quase dois anos. A gente era muito próxima é o que tô tentando dizer. Porque fui mais eu com ela do que com os outros. E mesmo depois do Task, foi a menininha que cobri durante a noite e chorei sem nenhuma razão, além do mais ela era gordinha que nem eu e não era muito bonita e uma criança muito carinhosa. E como as coisas chegaram nesse ponto, que ela não pode colocar a mão firme em mim e falar mamãe a gente te ama e se preocupa com você e cê tem o direito de se divertir sim, porque cê é uma mulher massa?

"E ainda tem o reverendo Trent", continua o Task, olhando de um lado pro outro como se tivessem tramando uma coisa e me contando só agora. "Cê devia tá conversando com ele essa noite, mamãe, pra ele emprestar o porão pra sede da campanha pra gente e..."

"Ninguém me disse nada, se ativismo significa que cê tem que deixar alguém no escuro, eu não posso me meter nisso. Não mesmo. E além disso o pastor Trent é um idiota do jeito que ele atacou aquele viúvo lá em Edgecomb porque não aceitava três dos filhos adotivos deles e o corpo da mulher dele nem tinha esfriado ainda e tudo isso acabou com a cabeça do cara e..."

"Olha aqui", diz o Task. "O que a gente precisa é de uma reunião de família pra explicar tudo isso e colocar as coisas em pratos limpos. Até lá, acho melhor a gente voltar pra sala e cuidar dos negócios. E enquanto isso, mamãe, vê se num consegue chegar no reverendo Trent e..."

"Cê quer que eu esfregue a barriga com o pastor, é isso?"

"Ah, merda", responde a Elo e passa pela porta de vaivém.

"Vamos falar disso tudo no jantar. Como é, vai ser amanhã à noite, Joe Lee?" Enquanto o Joe Lee banca o presunçoso, fico imaginando quem vai cozinhar e penso em como ninguém me perguntou se tô livre e se vou ganhar flores e coisas assim. Aí o Joe acena um tá tudo bem e passa pela porta de vaivém e só uma pequena agitação vem lá da sala. Aí depois o Task sorri seu sorriso, parecendo com o pai, e sai. E fico só eu lá na cozinha dum estranho, que era uma porquice e eu nunca deixaria minha cozinha ficar assim. Envenena qualquer um só de olhar as panelas. Aí a porta abre do outro lado e é o Meu Cara Bovanne parado ali, falando srta. Hazel só que ele tá olhando pra fritadeira e depois pra mesa e fica muito surpreso quando me aproximo dele pelo outro lado e levo ele pra fora dali. Passamos pelo pessoal empurrando na direção do palco onde a

Meu Cara Bovanne • 27

Nisi e algumas outras pessoas tão sentadas e prontas pra conversar e outras pegando os últimos sanduíches e a birita antes de sentar num canto e ouvir tudo bem sérios. E tô pensando em falar pro Bovanne que lindo o vestido longo que a Nisi tá usando e os brincos e o cabelo dela armado num cone e as pessoas prontas pra ouvir como que a gente tá sendo prejudicado e tem que fazer nosso próprio partido e todo mundo lá ouvindo e olhando. Mas em vez disso simplesmente tiro o cara de lá e o Joe Lee e a esposa dele me olham como se eu fosse horrível, mas ainda não deram um oi pro cara. Porque ele é cego e velho e ninguém precisa dele agora que cresceram e os patins não precisam mais de conserto.

"Pra onde vamos, srta. Hazel?" Ele tá sabendo o tempo todo.

"Primeiro vamos comprar óculos escuros pra você. Depois vou te levar comigo no supermercado pra comprar o jantar de amanhã, que vai ser todo nos conformes e cê tá convidado. Depois vamos pra minha casa."

"Tá legal. Vou mesmo gostar de descansar meus pés." Sendo fofo, mas cê tem que deixar os homens fazerem aquele showzinho, cegos ou não. Aí ele fala que anda cansado e que gosta que eu levo ele assim pela mão. E tô pensando que vou mandar ele mudar a fechadura da minha porta primeiro. Depois vou dar um bom banho quente no cara com folhas de jasmim na água e um pouco de sais relaxantes na esponja pras costas. E aí uma boa esfregada com água de rosas e azeite. E depois uma xícara de chá de limão bem saboroso. E um pouco de talco, algumas daquelas coisas chiques que a mãe da Nisi mandou no último Natal. E mais tarde uma massagem, uma boa massagem facial na testa que é a parte tensa. Porque a gente precisa cuidar dos mais velhos. E falar que ainda precisam operar o mimeógrafo e manter as velas de ignição limpas e consertar as caixas de correio e ver quem pode ajudar a iniciar o programa café da manhã grátis e a escola pras crianças e a campanha e tudo mais. Porque os velhos são a nação. Era isso que a Nisi tava falando e eu pretendo fazer minha parte.

"Imagino que cê é uma mulher muito bonita, srta. Hazel."

"Com certeza eu sou sim", respondo, que nem a atrevida que a minha filha sempre fala que eu sou.

Gorila, Meu Amor

Esse foi o ano que o Hunca Bubba mudou de nome. Mudou não, mudou de novo, já que Jefferson Winston Vale era o nome dele primeiro. E isso era novidade pra mim, porque ele foi meu Hunca Bubba durante toda minha vida, já que eu não conseguia chamar ele de tio de jeito nenhum. Pra mim era uma mudança completa pra uma coisa que parecia muito geográfica tipo o clima, que nem uma coisa que cê acha num almanaque. Ou uma coisa que cê cruza quando tá sentada no banco do carona com o dedo molhado em cima do mapa amassado no colo, observando as estradas e as placas pra quando o vovô Vale perguntasse "Qual caminho, Scout", eu ia tá ligada pra responder "Pega a próxima saída ou vira pra esquerda" ou o que quer que seja. Não que Scout seja o meu nome. É só o nome que o vovô chama quem tá de copiloto no banco do carona. Geralmente sou eu, porque não me atrevo a sentar lá atrás com as nozes. Agora, se cê acha que é bom sentar com as nozes... Se cê pensa isso, é problema seu. Às vezes fica mó poeira e faz a gente tossir. E elas deslizam e escorregam de repente, tipo que nem um rato nas caçambas. Aí se cê é medrosa que nem eu, vai dormir com as luzes acesas e coloca a culpa no Baby Jason e, pra não desperdiçar a boa eletricidade, vai estudar os mapas. E é por isso que fico de copilota quase sempre e me chamam de Scout.

Aí o Hunca Bubba vai lá atrás com as nozes e o Baby Jason e ele tá apaixonado. E a gente tem que ficar ouvindo todas essas coisas da mulher por quem ele tá apaixonado e tudo mais. É mó sem noção e não interessa ninguém, se bem que o Baby Jason é tolo o bastante para dar toda a atenção e continuar agarrando a fotografia que é só uma foto de uma mulher magra num vestido caipira com a mão em cima do rosto que nem se tivesse com vergonha da câmera. Mas tem um cinema no fundo e eu pergunto. Porque sou maníaca por cinema faz um tempão, mesmo que isso me coloque em umas enrascadas às vezes.

Que nem na última Páscoa quando tava eu, o Big Brood e o Baby Jason e a gente não podia ir pra Dorset porque já tinha visto todos Os Três Patetas. E o cinema RKO da Hamilton tava fechado por causa do desfile da Páscoa daquela noite. E West End, Regun e Sunset ficavam longe demais, a não ser que tivesse um demaior com a gente, só que não tinha. Aí a gente subiu a avenida Amsterdã até a rua Washington onde tava passando um tal de *Gorila, Meu Amor*, que me pareceu muito massa, apesar da parte do "meu amor" ter meio que murchado o Big Brood um pouco. Já o Baby Jason se joga, que nem o vovô fala, ele pula comigo num penhasco se eu falar bora lá. Aí a gente entra e compra três sacos de batata chips. Havmore que não é só a melhor batata chips mas também o melhor saco pra estourar e explodir bem alto pra lanterninha gorda vir trotando pelo corredor, a luz daquela lanterna bem no seu olho, aí cê pode fazer uma afronta e se ela responder de volta e cê já tiver terminado de ver a treta mesmo, pode só ficar tocando o terror. O que eu amo fazer, sem mentira. Com o Baby Jason chutando no banco da frente, me provocando, e o Big Brood resmungando das selvagerias que a gente faz. Que eu faço, na real. Que nem quando os marmanjos vêm pra cima da gente pedindo grana. Sou eu que escondo o dinheiro. Ou quando os pivetes no parque tiram a bola de basquete do Big Brood. Sou eu que pulo nas costas e brigo um cado. E sou eu que faço a coisa acontecer se a lanterninha fica pê da vida.

Aí o filme começa e na mesma hora toca uma música de igreja e é lógico que num é sobre nenhum gorila. É sobre Jesus. E tô pronta pra matar, não tenho nada contra Jesus. Só que quando cê resolve assistir um filme de gorila, cê num quer se meter com as coisas da escola dominical. Então eu fico pirada. Sem falar que a gente vê esse *Rei dos Reis* velho e esfarrapado todo ano e já deu. Demaior acha que pode te sacanear. Isso me tira do sério. Lá tô eu, com os pés pra cima e minha batata chips Havmore bem salgada e crocante e dois pacotes de balas quebra-queixo no colo e o dinheiro dentro do sapato bem escondido dos marmanjos e aí vem essa coisa de Jesus. Aí a gente pirou. Gritando, vaiando e batendo o pé sem parar. Na real pra acordar o cara da cabine que deve ter dormido e colocado a fita errada. Mas não, porque ele gritou pra gente calar a boca e aí aumentou o som e a gente realmente teve que gritar feito pirados. E as cordas da seção infantil da lanterninha e a luz da lanterna dela em todo canto e a gente grita mais e alguns moleques escorregam por debaixo da corda e correm pra cima e pra baixo no corredor só pra mostrar que precisa mais que uma corda de veludo empoeirada pra amarrar a gente. E eu jogo pipoca no moleque na minha frente. E o Baby Jason fica chutando as poltronas. E foi ótimo. Aí vem a lanterninha grande e malvada que eles mandam em caso de emergência. E ela acendeu aquela lanterna tipo como se fosse usar em alguém. Essa é a lanterninha que Brandy e as amigas chamam de Thunderbuns. Ela não brinca. Ela não sorri. Então a gente cala a boca e assiste esse filme besta de cu.

Não é só besta. Também é estúpido. Porque eu percebo que quase todo mundo na minha família é melhor do que esse deus de quem eles sempre falam. Meu pai não ia suportar que ninguém tratasse qualquer um de nós desse jeito. Minha mãe principalmente. Posso até ver a cena, Big Brood lá em cima na cruz falando Perdoe-os Pai eles não sabem o que fazem. E minha mãe diz Desce já daí seu imbecil, que que cê acha que é isso, brincadeira? E meu pai gritando com o vovô pra dar uma escada pra ele porque o Big Brood tá agindo que nem idiota, o lado materno da família aparecendo. E minha mãe e a irmã dela, Daisy, pulando nos romanos e batendo neles com seus livros de bolso. E o Hunca Bubba falando pros caras ajoelhados que é melhor eles saírem do chão e buscar ajuda ou vão ser pisoteados. E o vovô Vale dizendo Deixe o menino em paz, se é isso que ele quer fazer da vida, a gente num tem nada com isso. Aí a tia Daisy dá um gostinho do cinto pra ele, resmungando que maldito idiota velho é o vovô. Aí todo mundo pula no peito dele igual na vez que o tio Clayton foi pro exército e voltou com uma perna só e o vovô falou alguma coisa idiota tipo é a vida. E nessa hora o Big Brood já tá fora da cruz lá no parque jogando handebol ou skully[1] ou qualquer coisa. E a família tá na cozinha jogando pratos um no outro, gritando que se cê não tivesse feito isso eu não tinha feito aquilo. E eu na sala tentando fazer minha lição de matemática gritando Para com isso.

---

[1] Brincadeira de rua em que os jogadores tentam virar tampinhas de garrafa para dentro de quadrados riscados no chão. (As notas são da editora.)

Que é o que eu gritava sozinha e o que me torna um alvo fácil pra Thunderbuns. Mas quando grito A gente quer nosso dinheiro de volta, isso bota todo mundo no coro. E o filme termina com essa música de nuvem celestial e o espertinho lá em cima na cabine dele na parede aumenta o som de novo pra abafar a gente. Depois vem o Pernalonga que todo mundo já viu e é só pra ter certeza que enganaram a gente. Nenhum gorila, meu nada. E o Big Brood diz Ahhhh meeerda, nós vamos lá no gerente pegar nosso dinheiro de volta. E eu sei bem quem é o nós. Aí tiro a batata chips do meu cabelo que é onde o Baby Jason gosta de colocar e vou indo em frente até o corredor pra falar com o gerente que é um vigarista de marca maior por mentir lá fora no letreiro dizendo que vai passar *Gorila, Meu Amor*. E nunca gostei do cara porque ele é seboso e descorado ao mesmo tempo tipo cara mau de seriado, aquele que se esconde apertando um botão numa estante de livros e toca "Moonlight Sonata" de luvas. Bato na porta furiosa. E sozinha também. Porque o Big Brood de repente ficou supermal e teve que sair mesmo minha mãe avisando pra gente não entrar nesses banheiros horríveis. E ouço ele suspirando que nem se tivesse com nojo quando chega na porta e vê só uma criança lá. E agora eu tô mesmo furiosa porque fico cansada desses demaior tirando onda com a molecada só porque a gente é pequeno e não pode levar eles pro tribunal. O que que é, ele me perguntou que nem se eu tivesse perdido minhas luvas ou me mijado ou fosse a filha com deficiência de alguém. Quando na real sou a garota mais inteligente que a escola P.S. 186 já teve, pode perguntar pra qualquer um. Mesmo praqueles professores que não gostam de mim porque eu nunca canto músicas sulistas pra eles nem desisto quando me falam que minhas perguntas não têm sentido. E porque minha mãe aparece num instante quando os professores começam a tocar o terror aos montes atrás da galera preta. Ela vem com o chapéu bem puxado pra baixo e aquele casaco de cordeiro persa amarrado pra trás nos quadris e ela fica com os punhos plantados ali pra poder falar aquele falatório que deixa todo mundo hipnotizado e a professora tá se acabando porque ela sabe que esse é o trabalho dela e poderia ir pro olho da rua porque a mamãe tem influência com o Conselho e isso pode dá ruim pra ela.

Aí abro a porta num chute e ando bem do lado dele e sento e conto tudo pra esse cara mesmo e que quero meu dinheiro de volta e isso também vale pro Baby Jason e pro Big Brood. E ele tem a pachorra de tentar me arrastar pra fora mesmo comigo ali sentada, o que prova que ele é um vacilão. Que nem os professores fazem antes de perceberem a mamãe igual uma rocha ali e que não vai recuar. E ele não devolve a grana. Aí fui forçada a sair, peguei uns fósforos debaixo do cinzeiro dele e taquei fogo na barraquinha de doce, o que fechou a espelunca velha da rua Washington por uma semana. Meu pai logo suspeitou que fui eu porque o Big Brood tem a língua maior que a boca. Mas expliquei rapidão tudo que aconteceu e que achei que era justo. Porque se cê fala Gorila, Meu Amor, cê tem que falar sério. Que nem quando cê fala que vai me dar uma festa de aniversário, cê tem que falar sério. E se cê fala que eu e o Baby Jason pode ir pro Sul levar nozes com o vovô Vale, é melhor cê não vim com essa de que o tempo parece que tá fechando cê lavou o banheiro ou qualquer outra onda. Fala sério, até os bandidões nos filmes falam minha palavra é meu compromisso. Então até onde eu sei ninguém sai impune de nada. Aí o papai colocou o cinto de volta na calça. Porque foi assim que eu fui criada. Que nem minha mãe fala numa daquelas vezes que não recuo, Tá certo, Badbird, cê tá certa. Entendi o que cê quis dizer. Não que Badbird seja meu nome, é só que ela fala assim quando cansa de discutir e sabe que eu tô certa. E a tia Jo, que é a mais cabeça dura da família e pior ainda que a tia Daisy, ela falou, Cê tá coberta de razão, senhorita Muffin, que também não é meu nome de verdade, mas o nome que ela me chamou uma vez quando tomei uma injeção na bunda e não levantava dos travesseiros dela por nada. E até mesmo o vovô Vale — que não lembra mais nadica de nada, aí às vezes cê pode mentir pra ele, se quiser ser esse tipo de gente — disse Bem se foi isso que eu disse, então é isso. Mas esse lance dos nomes era diferente, eles disseram. Não era que nem se o Hunca Bubba tivesse voltado atrás com a palavra dele ou coisa assim. É só que ele tava pensando em casar e ia usar o nome dele de verdade agora. Mas não era assim que eu via as coisas.

E agora tô eu aqui no banco do carona. E me viro pra ele e pergunto de uma vez por todas. Quer dizer, eu mando a letra. Não faz sentido ficar de conversa pra boi dormir que nem os coroas falam. E como minha mãe disse, Hazel — que é meu nome de verdade e como ela lembra de me chamar quando tá falando sério —, quando cê tiver com alguma coisa na cabeça, fala e deixa o rio fluir e seguir seu curso. E se alguém não gostar, manda vim falar com a sua mãe. E papai ergueu os olhos do jornal e disse, Cê ouviu bem sua mãe, Hazel. E manda vir falar comigo primeiro. Desse jeito. Foi assim que eu fui criada.

Então me viro no banco do carona e digo:

"Olha aqui, Hunca Bubba ou Jefferson Windsong Vale ou seja lá qual for seu nome, cê vai casar com essa garota?"

"Claro que vou", diz ele, dando um sorrisão.

E eu digo: "Lembra daquela vez que cê tava cuidando de mim quando a gente morava na 409 e tava nevando pra caramba e a mamãe e o papai ficaram presos lá no interior e aí cê teve que ficar dois dias?".

E ele respondeu: "Claro que lembro".

Gorila, Meu Amor • 37

"Certo. Cê lembra que me disse que eu era a coisa mais fofa que já existiu?"

"Ah, cê era muito fofa quando era pequenininha", diz ele, e era pra ser engraçado. Eu não tô rindo.

"Sei. Cê se lembra o que que cê disse?"

E o vovô Vale aperta os olhos em cima do volante e pergunta Pra que lado, Scout. Mas Scout tá ocupada e não liga se a gente se perder por dias.

"Que que cê tá falando, Peaches?"

"Meu nome é Hazel. E tô falando que cê disse que ia casar *comigo* quando eu crescesse. Cê ia esperar. É isso que tô falando, meu querido tio Jefferson." E ele não diz nada. Só fica olhando pra mim todo estranho que nem se nunca tivesse me visto na vida. Que nem se ele tivesse perdido numa cidade estranha no meio da noite e tivesse procurando um rumo e não existisse ninguém pra perguntar. Que nem se fosse eu que tivesse confundido os mapas e mudado as placas da estrada. "Bem, cê disse isso, não disse?" E o Baby Jason olhando prum lado e pro outro que nem se a gente tivesse jogando pingue-pongue. Só que eu num tô de brincadeira. Tô magoada e posso ouvir que tô gritando. E o vovô Vale resmungando que nunca vamos chegar aonde tamo indo se eu não virar e levar meu trabalho de copilota a sério.

"Bem, pelo amor de Deus, Hazel, cê é só uma garotinha. E eu tava só brincando."

"'E eu tava só brincando'", repito do jeito que ele disse pra ele saber como que é horrível. Depois não digo nada. E ele não diz nada. E o Baby Jason já não diz nada mesmo. Aí o vovô Vale falou:

"Escuta, Precious, foi Hunca Bubba que te falou essas coisas. Este aqui é Jefferson Winston Vale."

"Isso mesmo. Era outra pessoa. Eu sou uma nova pessoa", diz o Hunca Bubba.

"Cê é cheio de caô, parceiro", digo, quando queria dizer vacilão traíra, mas não consegui agarrar as palavras. Deixei elas escapar. E tô chorando e desmoronando no banco e não tô nem aí. E o vovô me manda ficar quieta e pisa fundo no acelerador. E tô perdendo o norte e nem sei pra onde olhar no mapa porque nem parar de chorar pra ver direito eu consigo. E o Baby Jason tá chorando também. Porque ele é meu irmão de sangue e entende que a gente tem que ficar junto ou se perde pra sempre, com os demaior brincando de mudar de ideia e te jogando de um lado pro outro desse jeito horrível. E nem sequer pedem desculpas.

A corrida do Raymond

Eu não preciso cuidar de muitas coisas em casa que nem outras garotas. Minha mãe que faz tudo. E não tenho que descolar grana fazendo esquema; o George manda recados pros moleques mais velhos e vende cartões de Natal. E todas as outras coisas que precisam ser feitas, meu pai faz. Tudo que tenho que fazer na vida é cuidar do meu irmão Raymond, o que já é bastante.

Às vezes, digo sem querer meu irmãozinho Raymond. Mas, como qualquer idiota pode ver, ele é muito maior e mais velho também. Mesmo assim muitas pessoas falam meu irmãozinho porque ele precisa de alguém pra cuidar dele porque tem umas coisas meio erradas com ele. E muitos linguarudos ficam falando disso também, principalmente quando era o George que cuidava dele. Mas agora, se alguém tem alguma coisa pra falar pro Raymond, alguma coisa sobre a cabeçona dele, tem que passar por mim primeiro. E eu não sou de trocar farpa nem acredito em ficar por aí de conversinha fiada. Prefiro correr o risco e partir pro braço logo, mesmo que eu seja uma garotinha com braços magros e uma voz estridente, por isso que ganhei o apelido de Squeaky. E se as coisas ficam muito complicadas, eu corro. E todo mundo tá de prova que eu sou a mais rápida. Não tem competição de corrida que eu não ganhe a medalha de primeiro lugar. Eu ganhava a corrida de vinte metros quando era pequena lá no jardim de infância. Hoje, é a corrida de cinquenta metros. E amanhã vou tá no gás de correr o revezamento quatro por cem sozinha e chegar em primeiro, segundo e terceiro. Os moleques mais velhos me chamam de Mercúrio porque sou a mais veloz do bairro. Todo mundo sabe disso — só que duas pessoas sabem mais coisas: eu e o meu pai. Ele pode correr comigo e chegar antes de mim na avenida Amsterdã mesmo se eu largar com uma vantagem de duas cabeças e ele tiver com as mãos nos bolsos e assobiando. Mas isso é cá entre nós. Porque imagina só, um coroa de trinta e cinco anos se enfiando num short de corrida pra correr com criancinhas? Então pra todo mundo eu sou a mais rápida e isso também vale pra Gretchen, que andou espalhando a história que vai ganhar a medalha de primeira este ano. Ridícula. Em segundo lugar, ela tem pernas curtas. Em terceiro lugar, ela tem sardas. Em primeiro lugar, ninguém pode ganhar de mim e fim de papo.

Tô parada aqui na esquina curtindo o dia bonito que tá fazendo e vou dar uma volta pela Broadway pra fazer meus exercícios respiratórios e tô com o Raymond andando bem junto de mim perto dos prédios, porque ele pode ter ataques de fantasia e começar a pensar que é um artista de circo e que o meio-fio é uma corda bamba esticada no ar. E às vezes, depois de uma chuva, ele gosta de descer da corda bamba direto pra sarjeta e escorregar, molhando os sapatos e a barra da calça. Aí eu apanho quando chego em casa. Ou às vezes, se não fico ligada, ele atravessa o trânsito pra ilha no meio da Broadway e dá um chilique com os pombos. Aí tenho que ir atrás dele me desculpando com todos os velhinhos sentados que tão pegando um pouco de sol e ficam chateados com os pombos que começam a voar em volta, espalhando jornal e derrubando a merenda no colo deles. Então eu deixo o Raymond bem perto de mim e ele brinca que nem se tivesse dirigindo uma carroça e tá tudo bem pra mim, desde que não passe por cima de mim ou interrompa meus exercícios respiratórios, o que tenho que fazer porque tô falando sério sobre minha corrida e não me importo que saibam.

Algumas pessoas gostam de agir que nem se as coisas fossem fáceis pra elas, não querem deixar ninguém saber que elas treinam. Eu não. Vou sair empinando pela rua 34 abaixo igual um pônei de rodeio pra manter meus joelhos fortes, mesmo que isso deixe minha mãe nervosa e aí ela sai na frente que nem se não tivesse comigo, não me conhecesse, tá sozinha num passeio de compras e eu sou a filha pirada de outra pessoa. Agora cê pega a Cynthia Procter, por exemplo. Ela é exatamente o oposto. Se tiver uma prova amanhã, ela vai falar uma coisa tipo "Ah, acho que vou jogar handebol de tarde e assistir televisão de noite", só procê saber que ela não tá pensando na prova. Ou que nem na semana passada, quando ela ganhou o concurso de soletração pela milionésima vez, "Pelo menos cê conseguiu acertar 'acolher', Squeaky, porque eu ia ter soletrado errado. Esqueci completamente o concurso". E aí ela agarra a renda da blusa que nem se tivesse escapado por um triz. Ah, mano. Mas é lógico que, quando passo pela casa dela nas minhas corridas de manhã ao redor do quarteirão, ela tá lá praticando as escalas no piano de novo e de novo e de novo. Aí na aula de música ela sempre se deixa empurrar e cai acidentalmente de propósito no banquinho do piano e fica surpresa por se ver sentada lá e decide tocar as teclas surradas só por diversão. E quem diria — as valsas de Chopin brotam na ponta dos dedos e ela fica chocada. Um prodígio absoluto.

A corrida do Raymond • 43

Eu podia matar gente assim. Fico acordada a noite inteira estudando as palavras pro concurso de soletração. E posso ser vista a qualquer hora do dia praticando corrida. Nunca ando se posso correr, e azar do Raymond se ele não conseguir me acompanhar. Mas é lógico que consegue, porque se ele ficar pra trás, alguém pode chegar perto dele e bancar o espertinho, ou tirar a mesada dele, ou perguntar onde ele conseguiu essa grande cabeça de abóbora. As pessoas são tão idiotas às vezes.

Aí tô passeando pela Broadway inspirando e expirando no sete que é meu número da sorte e lá vem a Gretchen e suas parças: a Mary Louise, que era minha amiga quando se mudou de Baltimore pro Harlem e apanhava de todo mundo até que comecei a andar com ela por causa da mãe dela e da minha que cantavam no mesmo coral quando eram garotas, mas as pessoas são ingratas, então agora ela anda com essa nova garota Gretchen e fala de mim que nem se eu fosse um cachorro; e a Rosie, que é tão gorda quanto eu sou magra, fala o que não deve sobre o Raymond e é burra demais pra saber que não tem muita diferença entre ela e o Raymond e que ela não tem moral pra descer a lenha nos outros. Aí elas continuam subindo a Broadway e eu sei na hora vai ser uma daquelas cenas de faroeste porque a rua não é tão grande e elas tão perto dos prédios que nem a gente. Primeiro acho que vou entrar na loja de doces, dar uma olhada nos novos gibis e deixar elas caírem fora. Mas isso é amarelar e tenho uma reputação a manter. Então acho que vou passar por elas ou até mesmo por cima delas, se for preciso. Mas quando elas tão chegando perto de mim, diminuem o passo. Tô pronta pra briga, porque como disse sou de poucas ideias, prefiro partir pro braço logo e economizar um tempo precioso pra todo mundo.

"Cê se inscreveu pras corridas do Primeiro de Maio?" A Mary Louise sorri, só que nem é um sorriso direito. Uma pergunta idiota que nem essa nem merece resposta. Além disso, tamo só eu e a Gretchen paradas ali, então nem adianta perder meu tempo falando com as sombras.

"Eu não acho que cê vai ganhar dessa vez", diz a Rosie, tentando mostrar, com as mãos nos quadris, que tá irritadinha, esquecendo completamente que eu já dei porrada nela muitas vezes por bem menos que isso.

"Eu sempre ganho porque sou a melhor", falo olhando pra Gretchen, que é pra mim a única que fala dando esse showzinho de boneco de ventríloquo. A Gretchen sorri, mas não é um sorriso, e penso que as garotas nunca sorriem de verdade umas pras outras porque não sabem e não querem saber e provavelmente não têm ninguém pra ensinar, porque as garotas mais velhas também não sabem. Então todas olham pro Raymond, que acabou de trazer seu time de mulas pra dar uma parada. E elas já vão se ligar que problemas podem arranjar se entrarem numas com ele.

"Em que série cê tá agora, Raymond?"

"Se cê tem alguma coisa pra falar pro meu irmão, fala pra mim, Mary Louise Williams da Cidade Tosca, Baltimore."

"Cê é quem, a mãe dele?" A Rosie se atreveu.

"É isso aí, Gorducha. E se eu ouvir mais um pio vou ser a mãe *de vocês* também." Aí elas ficam paradas e a Gretchen muda de uma perna pra outra e as outras também. Depois a Gretchen põe as mãos nas cadeiras e parece que vai dizer alguma coisa com a cara sardenta dela, mas não diz. Aí ela anda ao meu redor me olhando de cima a baixo, mas continua subindo a Broadway e as parças vão junto. Então eu e o Raymond sorrimos um pro outro e ele diz, "Eiaa" pro seu time e eu continuo com meus exercícios respiratórios, passeando pela Broadway em direção ao homem de gelo na rua 14 sem nenhuma preocupação no mundo, porque eu sou a própria srta. Mercúrio.

A corrida do Raymond • 45

Demoro pra chegar no parque pro Primeiro de Maio porque a competição de corrida é a última coisa que acontece. O maior destaque desse evento é a dança das fitas, que posso passar sem, brigada, mesmo que minha mãe ache uma pena que eu não participe e me comporte que nem uma garota, pra variar. Minha mãe devia agradecer por não ter que fazer um vestido de organdi branco com uma grande faixa de cetim e comprar um sapato novo de boneca que só vai poder tirar da caixa no grande dia. Devia ficar feliz porque a filha dela não tá lá fora saltitando num mastro de fitas, sujando e suando as roupa nova e tentando agir que nem uma fadinha ou uma florzinha ou o que quer que cê deve ser quando na verdade devia tentar ser quem cê é, seja lá o que for que cê é, no meu caso, uma garota preta pobre que realmente não tem dinheiro pra comprar sapato e um vestido novo que só vai usar uma vez na vida porque não vai nem caber no ano que vem.

Eu já fui um morango numa peça de *João e Maria* quando tava no jardim de infância e fiquei dançando na ponta dos pés com os braços num círculo em cima da cabeça, dando uns passinhos e sendo uma perfeita idiota só pra minha mãe e meu pai vim bem-vestidos e bater palmas. Eles deviam fazer coisa melhor do que encorajar esse tipo de coisa sem noção. Eu não sou um morango. Eu não danço na ponta dos pés. Eu corro. É isso que eu faço. Então sempre chego em cima da hora no evento do Primeiro de Maio, no tempo de pegar meu número e ficar deitada lá na grama até o anúncio da corrida de cinquenta metros.

Eu coloquei o Raymond num balancinho, que tá um pouco apertado esse ano e vai ser impossível no ano que vem. Depois procuro o sr. Pearson, que é quem dá os números. Tô procurando a Gretchen pra falar a verdade, mas ela não tá por aqui. O parque tá lotado. Pais com chapéus, enfeites e a pontinha do lenço aparecendo no bolso da lapela. Crianças com vestidos brancos e terninhos azul-claros. Os funcionários abrindo as cadeiras dobráveis e correndo atrás dos moleques arruaceiros do Lenox tipo como se eles não tivessem o direito de tá ali. Os marmanjos de boné pra trás, encostados na cerca girando as bolas de basquete na ponta dos dedos, esperando esse bando de malucos saírem do parque pra eles poderem jogar. A maioria do pessoal da minha classe tá carregando bumbo, liras e flautas. Eles podiam colocar alguns bongôs ou alguma coisa assim. E lá vem o sr. Pearson com sua prancheta e seus cartões e lápis e apitos e alfinetes pra prender o número na blusa e cinquenta milhões de outras coisas que ele tá sempre deixando cair por todo canto com seu jeito destrambelhado. Ele se destaca na multidão porque tá em cima de pernas de pau. A gente chamava ele de João e o Pé de Feijão pra tirar onda e irritar ele. Só que eu sou a única que consegue ultrapassar ele e escapar, mas agora tô grandinha demais pra essa bobeira.

"Bem, Squeaky", diz ele, riscando meu nome da lista e me entregando o número sete e dois alfinetes. E penso que ele não tem o direito de me chamar de Squeaky, senão eu também posso chamar ele de João e o Pé de Feijão.

"Hazel Elizabeth Deborah Parker", corrijo ele e digo pra escrever na prancheta.

"Certo, Hazel Elizabeth Deborah Parker, vai dar uma folga pra outra pessoa este ano?" Eu olho bem firme pra ele pra ver se tá mesmo falando sério que eu devia perder a corrida de propósito só pra dar uma folga pra outra pessoa. "Só seis garotas correndo desta vez", ele continua, balançando a cabeça meio triste que nem se fosse minha culpa que toda a cidade de Nova York não botou um tênis. "Essa nova garota pode dificultar sua vida." Ele olha ao redor do parque procurando a Gretchen que nem um periscópio num filme de submarino. "Não seria um belo gesto se você... ahhh..."

A corrida do Raymond • 47

Eu olho de um jeito que ele nem consegue terminar de falar. Os adultos têm muita coragem às vezes. Eu prendo o número sete na minha roupa e saio fora, tô fervendo. E vou direto pra faixa e me estico na grama enquanto a banda termina com "Ah, o macaco enrolou o rabo no mastro da bandeira",[1] que meu professor chama por algum outro nome. O homem no alto-falante chama todo mundo pra pista e eu fico de costas olhando pro céu, tentando fingir que tô no campo, mas não consigo, porque até a grama na cidade parece dura que nem a calçada e não tem como fingir que cê tá em qualquer lugar a não ser numa "selva de pedra", que nem meu vô fala.

A corrida de vinte metros leva no máximo dois minutos, porque a maioria das crianças só sabe correr pra fora da pista ou correr pro lado errado ou bater na cerca e cair e chorar. Mas um garotinho teve a brilhante ideia de correr direto pra faixa branca da frente, então ele ganhou. Depois os alunos da segunda série se alinham pra corrida de trinta metros e nem me preocupo em virar a cabeça pra assistir porque o Raphael Perez sempre vence. Ele vence psicologicamente os outros corredores antes mesmo de começar, dizendo que eles vão tropeçar no cadarço e cair de cara no chão ou deixar o short cair ou qualquer coisa assim, o que ele nem precisava fazer porque ele é muito rápido, quase tão rápido que nem eu. Depois disso, vem a corrida de quarenta metros que eu corria quando tava na primeira série. O Raymond tá gritando lá dos balanços porque ele sabe que tá chegando minha hora porque o homem no alto-falante acaba de anunciar a corrida de cinquenta metros, se bem que ele também pode muito bem tá dando uma receita de bolo porque com essa estática dificilmente alguém entende o que ele tá

[1]   Trecho parodiado da marcha *National Emblem*, criada em 1902 pelo compositor estadunidense Edwin Eugene Bagley.

dizendo. Eu levanto e tiro minha calça de moletom e aí vejo a Gretchen parada na linha de partida, chutando as pernas que nem uma profissional. Aí quando vou pro meu lugar, vejo que o Raymond tá na linha do outro lado da cerca, se curvando com os dedos no chão que nem se soubesse o que tá fazendo. Eu ia gritar com ele, mas não gritei. Gritar gasta energia.

Toda vez, um pouco antes de começar uma corrida, eu me sinto que nem se tivesse num sonho, o tipo de sonho que cê tem quando tá com febre e se sente leve e com calor. Eu sonho que tô voando por cima de uma praia de areia bem de manhãzinha, beijando as folhas das árvores enquanto voo. E sempre tem cheiro de maçã, igual no campo quando eu era pequena e pensava que era um trenzinho piuí-piuí, correndo pelo milharal e subindo a colina até o pomar. E todo o tempo que tô sonhando isso, fico mais leve e mais leve até que tô voando pela praia de novo, sendo soprada pelo céu que nem uma pena que não pesa nada. Mas quando encosto meus dedos na terra e me agacho no Em Sua Marca, o sonho passa e eu fico sólida de novo e digo pra mim mesma, Squeaky cê tem que vencer, cê tem que vencer, cê é a mais rápida do mundo, cê pode até ultrapassar o seu pai na avenida Amsterdã se cê tentar de verdade. E aí sinto meu peso voltando bem atrás dos meus joelhos e depois pros meus pés e depois pra terra e o tiro da pistola explode no meu sangue e disparo sem peso de novo, voando pelos outros corredores, meus braços bombeando pra cima e pra baixo e o mundo inteiro tá quieto a não ser pelos estalos enquanto lá vou eu zuuum pelo cascalho da pista. Dou uma olhada pra esquerda e não tem ninguém. Pra direita, uma Gretchen desfocada, com o queixo pontudo que nem se fosse vencer a corrida sozinho. E do outro lado da cerca tá o Raymond com os braços caídos pro lado do corpo e as palmas das mãos dobradas pra trás, correndo no seu estilo próprio e é a primeira vez que vejo isso e quase paro pra assistir

A corrida do Raymond • 49

meu irmão Raymond na primeira corrida dele. Mas a fita branca tá balançando na minha direção e eu a atravesso, correndo pra longe até que meus pés por vontade própria começam a escavar pezadas de terra e me travam. Aí todas as crianças que tão em pé ali do lado se amontoam em cima de mim, batendo nas minhas costas e na minha cabeça com seus programas do Primeiro de Maio, porque ganhei de novo e todo mundo na rua 151 pode andar de cabeça erguida mais um ano.

"Em primeiro lugar...", agora o homem no alto-falante fala e a gente ouve direitinho que nem um sino. Mas aí ele faz uma pausa e o alto-falante começa a chiar. Depois é a estática. E me inclino pra recuperar o fôlego e lá vem a Gretchen caminhando de volta, porque ela cruzou a linha de chegada também, bufando e bufando com a mão no quadril vindo devagar, respirando num ritmo constante que nem uma verdadeira profissional e eu meio que gosto dela um pouco pela primeira vez. "Em primeiro lugar...", e depois três ou quatro vozes se misturam com o alto-falante e eu enfio meu tênis na grama e encaro a Gretchen, que tá olhando pra trás, nós duas se perguntando quem que ganhou. Posso ouvir o velho João e o Pé de Feijão discutindo com o homem no alto-falante e depois uns outros falando do que os cronômetros dizem. Aí eu ouço o Raymond puxando a cerca pra me chamar e eu aceno pra ele calar a boca, mas ele continua sacudindo a cerca que nem um gorila numa jaula nos filmes de gorila, só que aí que nem um dançarino ou uma coisa assim ele começa a escalar superbem e fácil e muito rápido. E eu tenho uma ideia, vendo como ele escala fácil de mão em mão e lembrando como que ele tava correndo com os braços pros lados e com o vento puxando a boca pra trás e os dentes aparecendo e tudo mais, penso que o Raymond daria um ótimo corredor. Ele sempre aguenta o meu pique nas corridas, né? E ele com certeza sabe respirar em tempos de sete, porque ele sempre faz isso

50 • Toni Cade Bambara

na mesa de jantar, deixando o meu irmão George maluco. E tô sorrindo de orelha a orelha mesmo se eu perder essa corrida, ou se eu e a Gretchen empatarmos, ou se eu vencer, posso sempre me aposentar como corredora e começar uma nova carreira como treinadora com o Raymond como meu campeão. Além do mais, com um pouco mais de estudo, posso vencer a falsinha da Cynthia no concurso de soletração. E se eu encher o saco da minha mãe, podia ter aulas de piano e me tornar uma estrela. E tenho uma grande reputação como a mais valentona por aí. E meu quarto tá lotado de condecorações, medalhas e prêmios. Mas o que que o Raymond tem pra chamar de seu?

Aí fico lá com meus novos planos, nessa hora tô rindo alto já enquanto o Raymond pula a cerca e corre mostrando os dentes e os braços pros lados, com um estilo de corrida que ninguém dominou antes dele. E quando ele chega, tô pulando sem parar, muito feliz de ver ele — meu irmão Raymond, um grande corredor na tradição da família. Mas é lógico que todo mundo pensa que tô pulando sem parar porque os homens no alto-falante finalmente se juntaram e compararam notas e tão anunciando "Em primeiro lugar — srta. Hazel Elizabeth Deborah Parker". (Curto isso.) "Em segundo lugar — srta. Gretchen P. Lewis." E olho pra Gretchen pensando o que o "P" significa. E sorrio. Porque ela é boa, sem dúvida. Capaz que ela ia gostar de me ajudar a treinar o Raymond; ela com certeza leva a corrida a sério, como qualquer idiota pode ver. E ela acena com a cabeça pra me parabenizar e aí sorri. E sorrio também. A gente fica ali com esse grande sorriso de respeito entre nós. É um sorriso tão real quanto as garotas podem fazer umas pras outras, tendo em conta que a gente não pratica o sorriso real todos os dias, sabe, vai ver porque tamo muito ocupadas sendo florzinhas ou fadinhas ou morangos em vez de alguma coisa honesta e digna de respeito... sabe... tipo ser gente.

A corrida do Raymond • 51

O cara do martelo

Fiquei feliz de saber que o Manny tinha caído do telhado. Eu espalhei a história que tava de cama com febre amarela, mas ninguém me deu ouvidos, muito menos o Dirty Red, que foi entrando sem cerimônia pra contar que o Manny caiu do telhado e que eu podia sair do esconderijo agora. Minha mãe largou o que tava fazendo, que era lavar roupa, e tirou a história a limpo com o Red. "Como se já não bastasse cê andar por aí com moleques", disse ela. "Mas ficar brigando com eles também. E cê ainda pega o mais louco."

O Manny devia ser louco. Era a história dele. Se falavam que o cara era ruim as pessoas passavam meio longe. Mas se falavam que alguém era louco, bem, oficialmente cê não mexia com a criatura. Então essa era a história dele. Só que depois que chamei ele do jeito que chamei e falei umas coisas da mãe dele, o rosto do cara passou por umas mudanças fortes. E eu meio que me perguntei se ele realmente num era biruta. Não esperei pra descobrir. Dei no pé. E aí ele ficou me esperando na varanda da minha casa o dia inteiro e a noite inteira, mal falava com as pessoas que entravam e saíam. E ficou lá o sábado todo, com a irmã trazendo sanduíches de manteiga de amendoim e refrigerantes. Ele deve ter ido no banheiro ali mesmo, porque toda vez que eu olhava pela janela da cozinha, ele tava lá. E domingo também. Comecei a pensar que o moleque tava bravo.

"Cê num tem senso de humor, esse que é o seu problema", disse pra ele. Ele levantou os olhos, mas não disse nada. De repente fiquei muito triste com essa coisa toda. Eu devia ter me conformado em bater nas menininhas no pátio da escola ou esperar o Frankie chegar pra gente tocar o terror. Porque desse jeito eu tinha que ficar fingindo que tava doente quando minha mãe tava na área porque meu pai já tinha tirado meu três oitão de brinquedo e escondido.

Não sei como que conseguiram colocar o Manny no telhado. Talvez os moleques de Wakefield, que cuidam dos pombos, chamaram ele. Manny tinha um fraco por bichos doentes e coisas assim. Ou talvez o Frankie conseguiu umas minas malandras pra subir no telhado com ele e fez o Manny ir junto. Não sei. Enfim, o beiral tava todo sem cimento e o telhado sempre ficava inclinando pra baixo. Aí o Manny caiu do telhado. Não preciso nem falar que fiquei boa da febre amarela rapidinho e fui me aventurar lá fora. Só que numa hora dessas eu já tinha falado pra dona Rose que o Manny Louco tava atrás de mim. E a dona Rose, sendo quem era, logicamente foi na casa do Manny e falou umas verdades duras pra mãe dele, que, sendo quem era, botou dona Rose pra correr e elas começaram a maior fita na rua, arrancando garrafas das latas de lixo e quebrando nos hidrantes e coisa e tal.

Dirty Red nem precisava contar isso pra gente. Todo mundo podia ver e ouvir tudo. Nunca imaginei que as latas de lixo fossem um arsenal, mas a dona Rose apareceu com paus e pernas de mesa e umas coisas assim e a mãe do Manny tinha a cota de lâminas de tesoura e correntes de bicicleta dela. Elas começaram a rolar pelas ruas e tudo que se via eram calcinhas cor-de-rosa e pernas gordas. Foi mó zorra. A dona Rose é pirada, mas a mãe do Manny é muito mais louca que o Manny. Elas ficaram nessa um monte de vezes enquanto fiquei doente. Todo mundo se juntava na janela ou na escada de incêndio, comentando que tava muito frio pra esse tipo de bobagem. Mas ficavam lá assistindo mesmo assim. E aí o Manny caiu do telhado. E foi isso. A dona Rose voltou pros livros de significados dos sonhos lá dela e a mãe do Manny voltou pra cozinha dela caindo aos pedaços, cheia de roupas sujas, trouxas de trapos e crianças.

Meu pai também entrou na parada, porque uma noite ele perguntou pro Manny por que que ele ficava sentado na varanda daquele jeito toda noite. O Manny falou pra ele que ia me matar na primeira chance que tivesse. Lógico que isso já deixou o meu pai meio que em estado de alerta, eu a filha única que tô planejando ser médica e cuidar dele na velhice. Aí ele trocou uma letra com o Manny primeiro e depois falou com o irmão mais velho dele, o Bernard, que era tipo do tamanho dele. O Bernard não entendeu como isso era problema dele ou do meu pai, então meu pai ficou brabo e enfiou a cabeça do Bernard na caixa do correio. Depois meu pai começou a receber recados do tio do Bernard de onde se encontrar pra sair na porrada. Meu pai não disse nada pra minha mãe todo esse tempo; só ficou sentado resmungando e pegando o telefone e colocando na mesa, ou pegando meu taco de stickball[1] e guardando de novo. Ele ficou assim vários dias e eu até que pensei

---

[1] Brincadeira de rua parecida com o beisebol e jogada com um taco improvisado, geralmente um cabo de vassoura ou esfregão, e uma bola de borracha.

que ia dar uns gritos com ele se a febre amarela não tivesse me deixado tão fraca. E aí o Manny caiu do telhado e meu pai voltou pros seus amigos bebedores de cerveja.

Eu tava no pátio da escola, brincando daquele jogo de acertar moedinhas na parede com a molecada do fundamental, quando minha amiga Violet acertou minha bola de basquete novinha em folha na parede. Ela veio correndo me contar que o Manny tava descendo a rua. Espiei pela grade e lá vinha ele. Ele tava com a cabeça toda enrolada que nem uma múmia, o braço numa tipoia e a perna engessada. Parecia falso pra mim, principalmente aquela bengala. Achei que o Dirty Red tinha vindo com essa lorota de Pinóquio só pra me levar lá pro Manny me dá um boxe e o Manny tava encenando tudo só até a hora de me pegar.

"Que que aconteceu com ele?", sussurraram as irmãs da Violet. Mas eu tava muito ocupada tentando descobrir como que esse teatrinho devia funcionar. Aí o Manny passou bem perto da grade e me deu uma encarada.

"Acabou, Cabeça de Martelo. Já deu!", gritei. "É só vim aqui pro pátio seu imundo e eu continuo de onde parei." A Violet ficou de cara e o resto da molecada se amontoou. Eu não tive que falar mais nada. E quando todo mundo ficou me enchendo depois, eu só disse: "Sabe aquele martelo que ele sempre carrega no uniforme?". E todo mundo fazendo que sim com a cabeça esperando o resto de uma longa história. "Bem, eu tomei dele." E saí andando de boa.

O Manny ficou sem sair de casa um tempão. Quase que esqueci dele. Outros moleques mudaram pro bairro e fiquei mais ligada nisso. E aí a dona Rose finalmente acertou os números da loteca e começou a pedir um monte de coisas pelo correio e a gente sentava na calçada e ficava olhando aqueles pacotes estranhos sendo carregados, tentando descobrir as coisas bestas que ela jogava o dinheiro fora sendo que era muito melhor esperar o verão chegar e dar uma festança de rua pros afilhados dela.

Depois de um tempo abriu um centro comunitário e minha mãe falou que ia aumentar minha mesada se eu fosse pra lá porque aí eu ia ter que parar de usar calça e usar saia, porque as coisas eram assim lá no centro comunitário. Aí eu fui e comecei a pensar em todas as coisas, menos no velho Cabeça de Martelo. Era um lugar difícil de conviver, o centro comunitário, mas a minha mãe falou que eu precisava de companhia e ela precisava não ficar comigo, então eu fui. E na hora que entrei escondida no escritório, foi muito maneiro. Olhei pra uma daquelas pastas não-muito-brancas e vi que eu era de uma família anticonvencional de um bairro anticonvencional. Mostrei pra minha mãe a palavra no dicionário, mas ela não me deu bola. Ficou sendo minha palavra favorita. Fiquei encanada com isso até que um dia meu pai pegou o cinto só pra mostrar como que ele podia ser anticonvencional. Então desisti de tentar melhorar meu vocabulário. E quase desisti da minha velha calça.

E aí numa noite tô passando pelo parque da rua Douglas porque fui expulsa do centro comunitário porque tava jogando sinuca quando devia tá costurando, mesmo que eu já tivesse decidida que essa ia ser minha última aventura com coisas de moleque e a partir de amanhã eu ia arrumar meu cabelo direito e usar saias o tempo todo, só pra minha mãe parar de falar dos cabelos grisalhos dela e a dona Rose parar de me chamar com o nome do meu irmão por engano. E aí tô passando pelo parque e vejo o velho Manny na quadra de basquete, praticando arremessos e falando sozinho. Como eu sou eu, vou chegando perto bem de boa e pergunto o que diabos ele tá fazendo jogando no escuro e ele olha pra cima e pra todos os lados que nem se o escuro tivesse chegando perto dele sem ele perceber. Então me liguei na hora que ele tava lá fazia mó tempão e os olhos só iam junto com os lances.

"Faltavam dois segundos e a gente tava um ponto atrás", disse ele, balançando a cabeça e olhando pro tênis como se fosse uma pessoa. "E eu tava livre. Deixei os caras marcados pela retaguarda e tava lá, sorrindo, tá ligado, porque eu tava no garrafão. Eles passaram a bola e eu mandei a bola pra cima fácil e muito bem porque não tinha nada pra me preocupar. E..." Ele balançou a cabeça. "Errei o maldito arremesso. A bola quicou no aro..." Ele olhou pras mãos. "O jogo da temporada. O último jogo." E aí ele me ignorou completamente, primeiro porque ele nem tava falando comigo mesmo. Ele voltou pros arremessos, sempre do mesmo lugar com os braços dobrados do mesmo jeito, de novo e de novo. Devo ter ficado hipnotizada porque acho que fiquei lá parada pelo menos uma hora assistindo que nem uma idiota até que não conseguia nem ver a maldita bola, muito menos a cesta. Mas fiquei lá de qualquer jeito, nem eu sei por quê. Ele não errou nenhuma vez. Mas ele ficava se xingando. Era uma tortura. E aí uma viatura parou e um gambé baixo com o cabelo que nem de um dos Irmãos Marx saiu ajeitando as calças. Ele olhou todo durão pra mim e depois pro Manny.

"O que vocês dois estão fazendo?"

"Ele tá treinando arremessos. Tô assistindo", respondi muito sabida.

Aí o policial só ficou lá, até que finalmente virou pro outro que tava saindo do carro.

"Quem destrancou o portão?", perguntou o grandão.

"Sempre tá destrancado", falei. E aí nós três ficamos ali parados que nem um bando de pinguins assistindo o Manny fazer as cestas.

"Isso é sério?", ele quis saber, ajeitando o chapéu pra trás com o polegar, que nem os grandões fazem no calor. "Ei, você", disse ele, indo pra perto do Manny. "Estou falando com você." Ele até agarrou a bola pra chamar a atenção do Manny. Mas nem adiantou. O Manny só ficou lá com os braços abertos esperando o passe pra ele poder salvar o jogo. Ele não tava nem aí pro gambé. Aí, logicamente, quando o gambé deu um tapa na cabeça dele foi uma surpresa. E quando o gambé começou a contar até três pra ele, o Manny já tinha acordado do tapa e tava contando os segundos antes do alarme soar e a barra pesar de vez.

"Me dá a bola, cara." A cara do Manny tava toda endurecida e pronta pra estourar.

"Você ouviu o que eu disse, neguinho?"

Sempre que alguém diz essa palavra, começo a ferver. E louco ou não louco, o Manny era meu irmão naquela hora e o gambé era o inimigo.

"É melhor cê devolver a bola pra ele", falei. "O Manny não aceita esculacho de nenhum polícia não. Ele não tá incomodando ninguém. Ele vai ser o sr. Basquete quando crescer. Só tá tentando praticar um pouco antes da temporada começar."

"Irmã, a gente te pega também", disse o Harpo Marx.

"Eu tenho certeza que num sou sua irmã já que eu sou preta. Cara, com certeza vou ficar feliz quando cê me pegar e eu contar pra todo mundo disso aqui. Cê deve pensar que tá no Sul, né, senhor."

O grandalhão fez uma careta com a boca e soltou um daqueles suspiros de que-dia.

"O parque está fechado, menininha, então por que você e seu namorado não vão para casa?"

Aí já era demais. O "menininha" já era de lascar, mas aquele "namorado" era o fim. Mas eu fiquei de boa, principalmente porque o Manny parecia tão patético lá esperando com as mãos o time-out sendo que não tinha ninguém pra parar o relógio. Mas eu fiquei de boa principalmente por causa daquele martelo no bolso do Manny e é impressionante como a chapa pode esquentar com uma bocuda que nem eu, dois gambés sabichões e um moleque maluco também.

"Os portões tão abertos", falei bem baixo, "e aqui é um país livre. Então por que que cê num devolve a bola pra ele?"

O gambé deu mais um daqueles suspiros, a especialidade dele, eu acho, e aí ele bateu a bola pro Manny, que foi direto pra tabela, tipo como se ele fosse um pássaro bem bonito. E aí ele arremessou a bola, só que como a cesta não tinha rede, não deu pra ouvir aquele *swoosh*. Alguma coisa aconteceu nos ossos dentro do meu peito. Foi legal demais.

"Essas crianças malucas", disse o que usava peruca e virou pra cair fora. Mas o grandalhão ficou olhando o Manny um tempinho e eu acho que alguma coisa deve ter batido na cabeça dele, porque de repente ele tava no mó gás pra levar o Manny pra cadeia ou pro matagal ou qualquer lugar e começou a gritar com ele e tudo, e isso é uma coisa muito foda pra fazer com o Manny, pode ter certeza. E fico ali pensando que nenhum dos professores que tive, desde o jardim de infância até depois, nenhum deles sabia do que tavam falando. Vou pro inferno se um dia conheci um daqueles gambé que eles pintam de bochecha rosadinha que sorri e te ajuda a ir pra escola e atravessar a rua pra você e seu cachorrinho molambento num ser atropelado por um caminhoneiro que é todo risinhos na cara também. Não que alguma vez eu acreditei nisso. Eu sabia que os livros escolares tava cheio de caô desde sempre, principalmente com os gambé. Que nem esse cara, por exemplo, puxando a roupa do Manny daquele jeito quando tava na cara que ele tinha acabado de fazer a coisa mais linda que um homem pode fazer sem ser fresco. Gambé nenhum faz *swoosh* sem rede.

60 • Toni Cade Bambara

"Que isso, cara!"

Foi tudo que Manny disse, mas foi o jeito que ele empurrou o gambé que fez os gritos e ameaças começarem de verdade. E aí pensei comigo, Ah meu Deus, tô aqui tentando mudar as coisas e num ficar retrucando na escola e fazer o que a minha mãe quer, só ter essa última folguinha, e agora isso — levar um tiro no estômago e sangrar até a morte no parque da rua Douglas e o coitado do Manny levando coronhada desses desgraçados e tudo mais. Eu tava vendo tudo, praticamente chorando também. E isso não era o tipo de coisa que tinha que acontecer com uma criança pequena que nem eu com minha foto no jornal e os meus pais chorando junto com os colegas de escola. Eu podia sentir o sangue grudando na minha camisa e meus olhos fugindo de mim e aí aquela foto de novo; e a minha mãe e os cabelos grisalhos dela; e a dona Rose indo pra delegacia com uma espingarda; e o meu pai ficando velho e fraco sem ninguém pra cuidar dele e tudo mais.

E eu queria que o Manny tivesse caído daquele maldito telhado e morrido ali mesmo e me salvado dessa coisa sinistra de ser morta aqui com ele por esses gambé que com certeza não saíram de nenhum livro da quinta série. Mas nem rolou. Eles só pegaram a bola e o Manny foi atrás deles bem quieto pra fora do parque na escuridão, depois pra viatura com a cabeça baixa e os braços dobrados pra trás. E eu fui pra casa porque o que diabos eu vou ficar fazendo na quadra de basquete e já é quase meia-noite?

Não vi o Manny mais depois que ele entrou na viatura. Mas não mataram ele porque a dona Rose ficou sabendo que ele tava num lugar pra quem tem o parafuso solto. E aí finalmente chegou a primavera e eu e a Violet tamo nesse desfile de moda muito profissa no centro comunitário. E a dona Rose comprou minha primeira pulseira de flores, de rosas amarelas pra combinar com meus sapatos.

Mississippi Ham Rider

"Vou tá aqui amanhã pro meu café da manhã. Se cê quisé me encontrá, irmã, traz a grana do seu café." Ele virou pra longe do balcão e saiu pisando duro passando pela jukebox, vestindo o sobretudo. Abri meu caderno e escrevi: "Mississippi Ham Rider pode ser descrito como um machão casca grossa". Falamos por quase uma hora — ou melhor, eu falei, ele só revirou os olhos e encarou a xícara enquanto girava o café aguado que revelava o pó no fundo — e eu ainda não tinha nada pra escrever, a não ser que o cara era mal-humorado e, aos setenta anos, não estava interessado em ir para Nova York gravar discos pra nova série de blues.

A garçonete limpou o balcão de um jeito ameaçador e estava encostada na vitrine de tortas com as mãos nos quadris. Eu estava pensando se deveria seguir Rider, colocar Neil na cola dele ou tentar conseguir uma história com a gente da cidade. A garçonete batia o pé. E o cozinheiro, um filho da mãe de aparência ranzinza com touca branca, espiava por cima do balcão da cozinha, a cabeça meio inclinada que fazia o suor pingar no nariz.

Eu tentava me ajeitar, desenroscar as pernas do banquinho e cair fora dali. Era óbvio que esses detalhes sinistros desse pessoal não iam preencher meu dossiê com nada que pudesse ser impresso. Me levantei. Mas antes mesmo de chegar na porta eles já tavam falando de mim como se eu não tivesse ali.

"E o que que essa vadia afrobege do norte tá quereno pra cima do velho diabo Ham?"

Tinha só uma Rider na lista de dez páginas, uma Isabele Rider, o endereço datilografado na margem. Me enfiei no Volkswagen do Neil e tentei encontrar. A cidade em si era qualquer coisa saída de *Alice* ou Poe, o bairro negro era totalmente inacreditável: latrinas a céu aberto, becos sem saída, um monte de ferros-velhos cheio de gente, miséria com tudo que vem junto. E Isabele Rider tomava conta de uma daquelas lojas antigas — poções do amor e livros de sonhos, mapas astrais, cremes clareadores e pós-depilatórios e frascos de raízes de gengibre e brotos de cana. Uma garota de uns dezesseis anos estava sentada numa caixa de leite, lendo gibi e comendo um pedaço de torta de batata-doce.

"A sra. Isabele Rider está por aí?", perguntei.

"Não." Ela continuou lendo e comendo.

"Sou Inez Williams", disse. "O pessoal pra quem trabalho está tentando convencer o sr. Ham Rider a gravar umas canções. Eles querem que ele vá para Nova York e leve o violão dele. Ele é um ótimo cantor de blues."

Ela me olhou e fechou o livro.

"Cê qué um pedaço de torta?"

"Não, obrigada, só quero falar com a sra. Rider. Ela tá por aí?"

"Não. Só eu. Sou a Melanie. Minha mãe falou que o Ham não vai pra lugar nenhum, nem eu tamém. Uma senhora me chamou antes prum protesto nalgum lugar. Minha mãe falou que eu num vou pra lugar nenhum, o Ham também não."

Me escorei no balcão e desabotoei o casaco. Tinha um mapa astral malfeito bem na minha frente. Tracei as órbitas procurando Áries o Carneiro pra me dar um bom sinal. Ele parecia um cachorro superdoente no último estágio de anemia falciforme. Tentei pensar no melhor jeito de falar logo pra essa garota que eles não tinham que morar nesta cidade e ficar nesta loja e comer torta de batata-doce no almoço e se comportar como atrasadões, antes que eu mesma me distraísse totalmente com o zodíaco ou consideração de hemoglobinas anormais e essas coisas.

"Olha", falei, "nos anos 1920, um monte de gravadoras fizeram uma série de discos que se chamava Race Records. E vários cantores e cantoras de blues e country e uns caras do show business fizeram um monte desses discos raciais. Alguns ganharam muito dinheiro. Mas quando veio a Depressão, as gravadoras desmoronaram e esses cantores tiveram que voltar pra casa. Alguns ficaram por aí limpando chão ou trabalhando de ascensorista. Então agora essa mandachuva da música que é minha chefe acha que dá pra fazer um ganha-pão gravando um pessoal da velha-guarda. E eles podem fazer um ganha-pão também. Então o que eu quero é que o seu avô venha com a gente e cante um pouco. Entendeu?"

"É melhor cê falar co' próprio Ham", disse ela.

"Eu falei. Mas ele achou que eu estava só tentando me meter no negócio dele. A única coisa que eu faço é escrever um pouco sobre cantores, sobre a vida deles e a gravadora coloca na capa do álbum."

Ela lambeu o resto da torta nos dedos e se levantou.

"Que que cê qué saber?"

Peguei meu caderno.

"O que ele gosta, de onde veio, quem são os amigos dele. Essas coisas."

Mississippi Ham Rider • 65

"Nós três samo tudo que resta. A dona das coisa, Mama Teddy, cuida dele quando ele começa a beber e fica mais pra lá do que pra cá. Eu nem dou bola pra ele quando ele fica bebum assim", respondeu ela, meio indiferente.

"Tem alguma chance da gente se encontrar? O meu parceiro, o sr. Neil McLoughlin, é quem toma conta dos negócios e tal. Gostaria que vocês se encontrassem com ele."

"E esse aí é um bambambam?"

"Ah... É."

"Aham." Ela arrancou um pedaço do calendário e escreveu um endereço. "É aqui que a gente come, na Mama Teddy. Cê vai seis hora."

Neil estava fazendo seus famosos agachamentos quando cheguei no parque. Ele tinha passado o dia tentando encontrar um quarto pra nós dois, o que era uma causa perdida. Não existia uma mísera lanchonete onde a gente pudesse trocar figurinha sem qualquer incidente, então me sentei do lado dele no banco, surrupiando a garrafa do seu bolso.

"Estou arrebentado e acabado, vou te falar", lamentou ele, revirando os olhos pro céu. "Esta é a cidade mais hostil que já vi. Escapei de uma pensãozinha inacreditável no final da rua, quando um incrível ato de hospitalidade ia ser cometido."

"Sim, sei, olha, se recomponha e vamos lidar com o figura do Rider primeiro. Ele é um tipo e tanto, botas, sobretudo original e sob medida da Primeira Guerra, cicatriz de navalha, voz grave e personalidade combinando e, escuta só, ele não aceita ir pro Norte. Diz que sofreu demais lá. Congelou o traseiro no inverno de Chicago. E em Nova York, os artistas negros tinham que usar o elevador de serviço pra chegar no estúdio de gravação."

"Nada como as condições bacanas daqui."

"Ele não era artista aqui. Acho que a melhor coisa a se fazer é só gravar aqui mesmo e ele assina o que tiver que assinar."

"Mas, querida, o velho Lyons quer ele em carne e osso pra que os sofisticados famintos por cultura negra possam por meio de um processo ultrajante de osmose, que de modo algum deve sugerir miscigenação, absorver seu nativo..."

"Tudo bem, tudo bem, se acalma. Acontece que a última oferta que ele recebeu foi cantar músicas obscenas em discos de festas. O maldito quase aprontou um caos. Resumindo, o cara não quer ir embora, parceiro."

"Mas ele não foi pelo menos flechado por seus encantos superiores, sem mencionar suas pernas longas e magras?"

"Esses são meus encantos superiores e singulares. Ele não ficou nada impressionado. E não esquece que o cara tem setenta e poucos anos."

"Que trabalho duro, vou te falar. E estou sentindo que eu tenho uma fase danada de ruim pela frente. Nunca tive tantos problemas e complicações na minha vida antes. Estou com o coração consumido e...", contou Neil, apoiando a cabeça nas mãos.

"Neil, para com isso."

"Eles sempre foram bem fáceis de encontrar. Mobile, Auburn, ficavam só sentados lá numa sala destruída numa cidade destruída com o estado de espírito destruído, só sentados lá esperando por um anjo da misericórdia. Eu. Sem fazer nada além de um lamento e um cantarolado e um dedilhado..."

"Tá bem, fecha a boca. Estamos com problemas. O cara não quer se mexer e tudo que você pode fazer é ter esses acessos teatrais e esses ataques irritantes de..."

"Querida, você tá lembrada?", falou ele de repente, enfiando a mão estendida no meu rosto. "Lá estava o velho Supper, um verdadeiro e bom velhinho super-homem. Meio quieto e descontraído, só usando o rapé e fervendo o jantar. E aí o velho Jug Henderson, o santo do raio branco sujeito a acidentes, remexia e bebia coisas horríveis dum pote de maionese. E..."

Mississippi Ham Rider • 67

"Neil, para com isso."

"E o velho Blind Grassy Wilson de Lynchburg, só com uma perna sobrando quando eu cheguei, mas com suingue e falando muito bem no gravador pra contar como sua melhor garota deu com uma navalha no peito dele."

"Chega, você tá delirando." Me levantei e estiquei as pernas. "Precisamos encontrar um lugar chamado Mama Teddy. E, por favor, Neil, deixa que eu falo. Estou cansada de comer sanduíches em sacos de papel. Fica quieto até a gente acabar de comer. E sem piadinhas. Podemos ser mortos."

"Meu Deus!", exclamou ele, dando um pulo. "Eu não estou seguro. Um movimento em falso e o cara pode me cortar, me espancar, me matar de fome e depois me envenenar." Ele agarrou o próprio pescoço e rolou em cima da caixa de correio. Um caminhão passou, me afastei e agi como se não estivesse com o lunático.

"Incrível como sua raça se degradou com a segregação, Neil. Se você tivesse um exemplo a seguir, poderia ter sido um dançarino decente."

Ele alisou o cabelo pra trás e caminhou com um ar profissional até o carro.

"Bora, mulher."

Mama Teddy era um tipo de restaurante. Coxas de frango frito e costelas assadas estavam pintadas na vidraça. E rabiscadas na parte de cima do vidro no meio de uns pequenos arabescos esquisitos estavam as várias refeições com preço fixo. Na porta tinha três jarros grandes com uma coisa marrom acho que sabão ou outra coisa, pedaços de pano enfiados nos gargalos e pendurados nos lados indo pro chão. Mas dava pra ver que o lugar estava limpo, mais ou menos. Eu estava faminta. Neil levava o gravador, resmungando estatísticas sobre hérnia e males da próstata.

"Está vendo aquela caminhonete ali?", sussurrou ele. "Está cheia de negros raivosos e de cara feia que vão me descer o cacete porque pensam que você é minha mulher."

"Fica frio, vamos encontrar o sr. Étnico-Autêntico."

Neil tropeçou nos jarros e um cheiro de *chitlins*, tripa de porco frita, quase me derrubou. Um cheiro gorduroso da cozinha tinha se enfiado na minha respiração antes mesmo de eu entrar no lugar.

"Alguém está morrendo", sussurrou Neil.

"Comida da alma." Eu me engasguei, lacrimejando.

"O quê?"

"Você não entenderia, meu filho."

A mulher grande e jovial que saiu arrastando os pés da cozinha com o que só parecia ser uma grande agilidade obviamente era Mama Teddy.

"Oi, quirida", disse ela, me apertando contra o peito. "A pequena Melanie me contou tudo docê e com certeza cê é bem-vinda. E cê tamém", completou, engolindo a mão de Neil no punho. Ela foi nos levando até uma mesa com toalhas e flores. "O sr. Rider vai chegar já já, a não ser que ele tá com os copo dele. E a dona Isabele vem logo. Só descansa. A gente vai ter um bom jantar sulista. Seus pais é daqui?", perguntou para mim.

"Minha mãe é de Atlanta e meu pai nasceu em Beaufort, na Carolina do Sul."

"Hummm-hum", respondeu e balançou a cabeça, concordando que eram com certeza pessoas geograficamente boas.

"Meus pais são da baía de Galway", manifestou-se Neil.

"Bão, tenho certeza que é gente boa tamém", comentou ela, piscando. "Agora, é verdade isso", sussurrou, colocando os talheres, "cê tá levano o sr. Ham pra Nova York pra cantar?"

"Gostaríamos. Mas ele não parece muito interessado."

Mississippi Ham Rider • 69

"Ah!" Ela riu, estalando o pano de prato na mesa. "Essa torceção de nariz toda num qué dizer nada. Cê sabe o que que ele e a Melanie faz o dia inteiro? Escreve as canção, as palavra. Ela é muito inteligente, aquela menina. Vai ser uma ótima secretária. Aposto que cê ia gostar de uma ótima secretária com tudo esses escrito que cê faz. Deve ter muitos emprego..."

Neil viu o que ia acontecer. Ele se curvou na cadeira e empurrou os óculos pra cima. Ficou sentado lá o tempo todo esfregando os olhos. Eu toquei a colher de sopa, vagamente atenta ao monólogo de Mama Teddy. Estava nítido que tipo de jogo ela fazia. E por que não? Junto com as inúmeras fitas de bate-papos e festivais de música, Neil coletou do Delta e das duas Carolinas um volume de histórias que não entraram nos catálogos dos álbuns, coisas que ele guardava para algum livro sensacional que nunca escreveria. As recompensas, subornos, barganhas e negociatas, entrevistas em celas, enfermarias, botecos de bêbados. Coisas pra além da habitual história folclórica de atrocidade. O romance tinha sumido fazia muito tempo do trabalho. O primeiro trauma do Neil aconteceu na primavera passada, quando ele finalmente desmascarou o Bubba Mabley. O trapaceiro de sessenta anos insistiu em levar sua "mulherzinha" pra Nova York. A jovem de quinze anos de olhos pretos acabou que era uma filha ilegítima que ele teve com a sobrinha. Isso apavorou o Neil, embora hoje ele contasse a história com alguma indiferença ensaiada.

"O sr. Rider não ia viajar sem a família", dizia a grande mulher. "É uma família muito dedicada."

Neil tinha um vermelho febril nos olhos. Mas eu estava satisfeita. Um bom ato de exploração merecia outro. E o que o velho solitário cantor de blues faria depois de percorrer o circuito dos bares e aterrorizar os universitários? Era grotesco, não importa como terminasse. Preferia estar no ramo dos filmes em vez disso. O velho Ham Rider sitiado por bebedores de café bem-vestidos querendo sua opinião sobre Miles Davis e Malcolm X valeria alguns rolos de filme. E a introdução pitoresca feita por algum idiota barbudo de calça justa na virilha justificaria mais filmagens. Nenhum pensamento bêbado me convenceria que o sr. Lyons poderia preparar esse personagem pra apresentações populares de *folk*. Por outro lado, se as organizações de militantes das liberdades civis o pegassem, o sr. Charlie era um homem morto.

"A dona Isabele tá aqui", anunciou a mulher. Ela parecia real o bastante pra atrapalhar os planos de Lyons. Ela cumprimentou a gente e se sentou, cruzou as pernas e acendeu um cigarro. Era bonita, tinha estilo — sobrancelhas feitas, vestido de lã colado, maquiagem assustadora. Dava para perceber que era uma mulher meio irrequieta, mas era bonita de todo jeito.

"Então cês qué que o velho canta", disse ela, baforando ondas de fumaça. "Ele senta na janela às vez pra cantar, mas isso não bota comida no prato, não dá nenhum trocado." Ela girou na cadeira e chutou o pé de Neil. "O home precisa de dinheiro, senhor. Ele tá precisando faz é muito tempo. E o que que cê vai fazer por ele?"

"Vamos dar a ele uma chance de cantar", disse Neil, catapultando uma guimba de cigarro pela sala com a colher de sopa.

Ela parecia insatisfeita.

"Ele precisa", disse, mandando uma saraivada de fumaça. A imagem do grande velho artista em decadência, se aguentando numa pensão abafada, bebendo uma cerveja caseira horrível num copo de geleia e uivando um blues pela janela falou de perto à minha imaginação intoxicada de filmes B. "Quando ele chegá aqui", dona Isabele instruiu com seu cigarro, "pede pra ele cantá 'Evil Landlord'. É a melhor dele".

"Ele vai trazer o violão?", perguntou Neil.

Mississippi Ham Rider • 71

"Quase sempre ele carrega."

"Pra mesa de jantar?", insistiu Neil.

"Pra mesa de jantar", disse ela, uma sobrancelha já subindo num arco ameaçador. "E eu preciso dum cigarro."

Mississippi Ham Rider trouxe o violão e a neta. Vestia uma camisa branca e tinha deixado o sobretudo em casa. Ele murmurou os cumprimentos e se sentou numa cadeira, tirando minha perna do caminho.

"Cê tem um longo par de perna, irmã."

Não tive nenhuma resposta inteligente, então todo mundo só ficou sentado lá enquanto Mama Teddy colocava grandes tigelas em cima da mesa. Tinha couve refogada, ervilha-roxa, feijão fradinho, junta de porco e uma grande frigideira com pão de milho. E ainda muitas outras coisas que nunca tinha visto, nem mesmo na minha casa.

"Aposto que cê num come assim faz é muito tempo", disse Rider. "A maioria das pessoa num sabe cozinhar é nada, principalmente cês lá do Norte."

"Meu Deus", disse Neil, se inclinando pra olhar as tigelas do outro lado da mesa.

"Que cheiro é esse?"

"Isso é o Sul, rapaz", disse Rider. Melanie riu e achei que o velho tivesse feito uma piada. Neil se encostou e ficou quieto. "Eu num canto canções de algodão não, irmã", disse ele, pegando uma faca. "E nunca trabalhei na lavoura nem descasquei milho. E tamém num canto nenhuma canção dos crespinhos de igreja. E nenhuma canção triste de perder minha mulher e ficar perdido por aí. Eu nunca perdi nenhuma mulher, essa que é a verdade." Ele cortou o pão de milho com um ar solene.

"Que bom", comentei sem nenhum motivo em especial. Ele olhou pra cima e num instante desatinado pensei que fosse sorrir. Perdi a cabeça. Mas parecia mesmo que ele ia fazer alguma coisa nesse sentido com aquela caveira ossuda, velha e cinzenta.

72 • Toni Cade Bambara

"Bem, e o que tem aí?", perguntou Neil. "Quero dizer, que tipo de músicas você canta?"

"Meu tipo."

Melanie riu de novo e dona Isabele gargalhou, ainda fumando. Mas o senso de humor dele estava além da minha compreensão. Depois da comida, Mama Teddy colocou o café na mesa e foi atender seus clientes. Estiquei minhas pernas no corredor e relaxei, olhando o velho mexer no seu cachimbo. Ele era impressionante, do jeito que um bom lugar demolido pode ser, do jeito que os filmes de terror dos anos 1930 são agora. Fiquei com vontade de perguntar quantas pessoas já tinha matado na vida, pensando que finalmente tinha sacado aquele humor dele. Mas me sentei e esperei que cantasse. Tinha certeza de que no primeiro trabalho ele viraria o lugar de cabeça para baixo e talvez até alguém, só por diversão. E então me deu uma coisa muito estranha. Eu queria perguntar pra ele um monte de coisas idiotas sobre o Sul, sobre o que achava dos protestos e tudo mais. Mas ele já tinha assumido um ar de lenda e simplesmente não era desses tempos. Amaldiçoei a mentalidade de conto de fadas do sr. Lyons e silenciosamente fiquei imaginando e fazendo suposições.

"Primeiro vou cantar procê minha canção de aniversário", disse ele, afastando as xícaras de café. "Depois vou cantar uma duma moça de perna longa."

"Depois o quê?" Eu ri, colocando minha xícara na mesa.

"Daí vou ficar bêbado e vou lá empacotar minhas coisa. Meus suspensório velho e meu chapéu verde", disse ele. "Meu pote de barbear Noxzema e meu gorro." Melanie ria sem parar e Neil começou a engasgar com a fumaça do cigarro de dona Isabele. "E preciso comprar uma garrafa nova do vinho Gallo", suspirou ele. "Eu nunca faço uma viagem difícil sem minha dose de amor."

"Então você vem com a gente?", perguntei.

"Vamo nós tudo pra Nova York e vamo arrebentar", disse ele.

"Droga", tossiu Neil.

Rider agarrou o violão pelo braço e o passou por cima dos pratos. Olhou de um jeito terrível pro Neil, o que só piorou a tosse dele.

"Mas primeiro acho melhor o sr. Alguém aí ir pegar um pouco de ar."

"Estou pronto", rosnou Neil, ligando o gravador. Ele passou pelos clientes pra chegar na tomada. "Está ligado, cara", disse ele. "Vá em frente e canta sua música." Rider olhou pro Neil e dessa vez sorriu mesmo. Eu nunca iria querer que ele sorrisse assim para mim.

"Estou pronto", repetiu Neil, erguendo os óculos.

"É bom cê tá pronto mesmo, rapaz. Vê lá." Ele dedilhou as cordas, sorrindo de orelha a orelha.

Feliz aniversário

Ollie passou a manhã toda esperando. Primeiro tentou sacudir o vovô Larkins, que não acordava de jeito nenhum. Pensou que era só uma brincadeira, mas ele estava apagado. A dentadura nem estava no copo e tinha uma garrafa na beirada da cama. Ele dormiria por dias. Depois ela ficou nos degraus do porão esperando que Chalky, o zelador do prédio, terminasse de levar o lixo e viesse conversar. Só que ele estava muito ocupado. Então Ollie se sentou na escada e ficou esperando Wilma. Mas era sábado e a Wilma devia tá enfurnada nalgum lugar se enchendo de batata frita e comendo bala quebra-queixo, gulosa demais pra pegar leve e comer devagar. A Wilma viria amanhã, mas ia mentir pra ela sobre o que aconteceu. "Ontem eu fui pra Bear Mountain num barco grandão com meu irmão Chestnut e a esposa dele", ela ia dizer, "é por isso que eu não vim te ver porque a gente saiu de manhã tão cedinho que minha mãe teve até que me acordar quando ainda tava escuro e a gente se divertiu

75

muito e eu atirei arco e flecha lá e cê gostou do meu vestido novo?" A Wilma sempre tinha uma historinha e sempre contava num só fôlego. Ollie tentava entender por que era amiga da Wilma. Ela ia ser madame e se casar com um médico e morar em Nova York, a mãe da Wilma disse. Mas Ollie, pobre órfã, ia crescer e casar com um bebum, isso se não fosse morta antes, a mãe da Wilma disse. Ollie nunca contou pro vovô Larkins as coisas que a mãe da Wilma falava o tempo todo. Ela só a odiava em segredo.

Ollie passou o começo da tarde sentada na mureta de frente para o restaurante The Chicken Shack, olhando os cozinheiros colocando e tirando da gordura os cestos de fritura cheios de frango. Todos cansados e suados demais pra falar pra ela sair da frente. "Arruinando o negócio", o dono costumava criar caso. Mais tarde, zanzou entre a lavanderia e a sapataria, olhando uns caras jogando moedas no prédio. Ollie esperou um pouco, apertando uma bolinha de borracha. Se eu conseguir acertar a parede num minuto, ela pensou, talvez um deles venha e a gente faz uma partida massa de handebol. Mas os caras continuaram jogando enquanto outros esperavam a vez. Eles ficariam horas naquilo, então Ollie foi embora.

Ela bateu na porta da sra. Robinson pra ver se ela queria que seu cachorro passeasse. Pelo menos estava fresco no corredor. Não tinha ninguém em casa, nem o cachorro barulhento que geralmente se batia contra a porta como se fosse grandalhão e malvado e não um pobre vira-lata. Então Ollie subiu a escada de dois em dois degraus, passando do quarto andar para o telhado. Tinha arroz pra todo lado. Ronnie já devia ter alimentado os pombos dele. A porta pro telhado estava destrancada, o que significava que os moleques maiores estavam no telhado. Ela ficou atrás da porta e empurrou. Chutou um monte de arroz. Alguns grãos saltaram no betume macio do telhado e despencaram. Quando Ollie subiu no telhado, o sol ofuscante a fez apertar os olhos. E lá estavam eles, os moleques, espremidos entre a claraboia e a chaminé feito manequins numa vitrine, sem fazer nada e parecendo com sono. Peter Charmoso estava muito arrumado, como sempre. "Sou naturalmente asseado", ele sempre dizia. Hoje ele não disse nada, só ficou sentado lá. Marbles, o moleque do conjunto habitacional, tinha um livro aberto em cima dos joelhos. James também estava lá, olhando pra uma unha. E Ferman, o maluco da cidade, e Frenchie, o atleta. Uma rajada de cinzas desceu flutuando da chaminé e se fixou nos cabelos deles como neve cinzenta.

"Por que que cês num senta no incinerador? Aí cês fica mais sujo ainda", gritou Ollie. Ninguém se mexeu ou disse qualquer coisa. Ela esperava que Frenchie dissesse pelo menos: "Lá vem a *miss* Casca Grossa", ou que Peter a mandasse ir à mercearia comprar dezoito centavos de queijo americano. Sempre custava dezoito centavos e ele sempre entregava vinte cinco centavos e uma moedinha. Grande momento. "Ninguém quer nada da mercearia hoje?" Ela apertou os olhos com as mãos nos quadris, esperando que os manequins de vitrine começassem a agir como Marbles, Peter, James e por aí vai.

Ferman esticou uma perna contra a claraboia.

"Ollie, quando que cê vai aprender a brincar de boneca?"

"Cê quer alguma coisa da mercearia, Ferman Viadinho? Eu já tô bem grandinha pra bonecas." Ollie puxou sua calça jeans.

Ferman começou a dizer alguma coisa, mas seu público estava quase dormindo. A cabeça de Frenchie balançava. James olhava pro espaço. As páginas do livro aberto no joelho de Marbles viravam de trás para a frente, três de cada vez, sozinhas. Peter Charmoso estava sentado bem reto, encostado na chaminé e de olhos fechados pra se proteger do sol.

Feliz aniversário • 77

Ollie se virou, olhando por cima da beirada do telhado. Não tinha ninguém no parque hoje. Não tinha quase ninguém no bairro. Ela apoiou um pé grudento no parapeito do telhado e raspou o betume. Tudo lá embaixo estava cinza como se a chaminé tivesse nevado em todo o bairro.

Chalky, o zelador, estava metendo um colchão num carrinho. Talvez ele jogasse cartas com Ollie. Ele tinha feito isso na última sexta-feira, mas às vezes nem se lembrava que ela existia e corria e se escondia pensando que ela era um King Kong que só vinha pra bater na cabeça dele ou coisa assim. Ollie observou a pista pra lá dos balanços. Vazia. Frenchie devia tá lá fazendo sua corridinha, ela pensou, olhando pra ele. A cabeça dele tava dando aquelas pescadas. Às vezes, ela trotava ao lado do Frenchie, dando grandes saltos pra acompanhar. Ele sorria pra ela, mas nunca debochava dos seus pulinhos bobos. Então ele contava pela centésima vez como iria entrar nas Olimpíadas e sair com uma taça cheia de dinheiro.

"Sai fora, garota!", Ferman tinha acabado de gritar com ela como se tivesse esquecido seu nome ou não a conhecesse mais. Ele é maluco que nem o Chalky, pensou Ollie, batendo a grande porta do telhado atrás dela e descendo as escadas correndo pra rua. Eles devem ser irmãos.

Já eram quatro horas no relógio do banco. Ollie se lembrou da churrascaria que tinha pegado fogo. Mas ela já tinha vasculhado as ruínas e não encontrou nada lá. Não adiantava estragar mais seus tênis. Ela se virou pra olhar a rua. Vazia. Todo mundo estava no acampamento ou no trabalho ou dormindo feito os moleques no telhado ou mortos ou simplesmente abduzidos. Ela se empoleirou em cima do hidrante num pé só, se equilibrando com os braços. Quase podia ver as janelas altas da igreja Monte Sião.

"Agora eu vou voar e me matar", gritou, abanando os braços. Uma senhora com umas trouxas dobrou a esquina e deu uma olhada em Ollie, cruzou o tráfego pro outro lado, olhando por cima do ombro e balançando a cabeça com aquele jeito de quem diz ai, essas crianças de hoje. O reverendo Hall saiu do porão da igreja, enxugando a cabeça com um grande lenço.

"Vai brincar em outro lugar", disse ele, fazendo uma careta pro sol.

"Onde?", perguntou Ollie.

"Ora, vai pro parque e brinca."

"Com quem? Não tem ninguém pra brincar comigo."

O reverendo Hall ficou lá tentando se controlar. Ele estava sempre perseguindo as crianças. É por isso que ele não tem coral nenhum, vovô Larkins sempre dizia. Ele sempre persegue crianças, cachorros, pombos e bêbados.

"Menininha, você não pode ficar fazendo cena aqui na frente da igreja. Você não..."

"Por que que cê sempre me chama de menininha, mas sabe muito bem o meu nome quando eu tô andando com meu vô?", perguntou Ollie.

"Esse aí acha que é santo", disse a dona Hazel, rindo da sua janela. Mas quando o reverendo ergueu os olhos pra fazer uma carranca, ela enfiou a cabeça pra dentro. Ele saiu pisando duro de volta pra igreja, enxotando os pombos da escada.

"Me desejem feliz aniversário", sussurrou Ollie pros pombos. Eles correram na direção da calçada. "É melhor me desejar feliz aniversário", gritou ela, "ou alguém aqui vai pro beleléu."

A dona Hazel voltou a se debruçar na janela.

"Que que cê tem, Ollie? Tá doente ou o quê?"

"Ninguém nunca devia fazer aniversário no verão", gritou Ollie, "porque ninguém tá perto pra te desejar feliz aniversário nem pra te dar uma festa."

Feliz aniversário • 79

"Ah, não chora, docinho. Quando cê tiver velha que nem eu, vai ficar é feliz de esquecer os aniver..."

"Eu não tô chorando." Ollie bateu o pé, mas as lágrimas não paravam de cair e antes que ela conseguisse se conter, já tava gritando, bem ali no meio da rua, sem se importar que vissem. E ela berrou tão alto que até a bisavó da dona Hazel teve que ir até a janela pra ver quem estava morrendo com aquela barulheira e num dia tão lindo.

"Qual é o problema com essa menina dos Larkins?", perguntou a velha.

"Sei lá." A dona Hazel balançou a cabeça e olhou Ollie por um minuto.

"Eu não entendo as crianças às vezes", suspirou ela, fechando a janela pra ouvir melhor a televisão.

Brincando com o Punjab

Pra começo de conversa, cê num brinca com o Punjab. O cara não tem senso de humor. Além do mais, ele tem pra lá de um metro e oitenta e é um armário. E num é só isso, ele tem uma memória fantástica e mantém um registro incrivelmente preciso das contas. Ele imagina, eu acho, que não faz nenhum sentido morrer de desnutrição quando cê pode morrer tão lindamente de um milhão de outras coisas e de quebra aparecer na página central do *Daily News*. Aí quando o Jackson lá da quebrada falou assim: "Punjab, querido, eu peguei essa mina na manhã e agora tô com meu rabo na reta com a mãe dela e eu preciso viver cara...", Punjab tirou três ou quatro notas de um monte com um dedo seco (que é o jeito dele, seco) e falou pro Jackson quais eram os juros. Já deu pra sacar que o Jackson é um cara burro. Todos os abutres que ele podia achar ficando só um minuto na frente da lanchonete — com juros mais altos talvez, mas com mais consideração por seu couro — e ele vai justo no Punjab sabendo muito bem que ele, Jackson, tem mó lábia de cafa e salafra jogador e que não brinca com ninguém. Então, como eu disse, esse frangote do Jackson nunca teve muita noção.

Tô sentada na frente da loja com esta assistente social, a dona Ruby, que veio aqui pro Brooklyn pra ajeitar as coisas pro pessoal e botar os ratos pra correr e arranjar empregos e essas coisas, quando lá vem o Jackson. Agora, vários meses depois, a maior parte do bairro tá sentada com a dona Ruby, ajudando a colocar seu programa na rua só pra deixar as criancinhas longe do carango dela e os tijolos longe da cabeça dela e os vidros longe da janela dela, e lá vem o Jackson. Tudo na maior — com a mina e tudo. Mas chegou o dia de liquidar a fatura e, como eu disse, o Punjab não brinca. Lá vem o Jackson no seu terno de domingo com um braço balançando em volta de um cara porto-riquenho. O que ele tá dizendo é o seguinte: "Se liga, meu chapa, tenho esse lugar maneiro com móveis e janelas e tudo e até uma banheira na cozinha, então cê nem precisa dar um rolê pra tomar aquele banho bom. E a cozinha pintada dum tipo de amarelo e cê vai achar firmeza que o zelador é um d'ocês. Então, por quatro pratas, cê pode mudar agora mesmo e já é. Num precisa nem perder tempo de alugar quarto e outras merdas. Manda buscar sua família de manhã. Mó limpeza".

Se liga, eu disse pra dona Ruby que não dava pra entender qual era de tanto falatório e toda essa gastação de saliva e risada e tal. Se o latino tava com as quatro pratas, leva ele pro bar e pronto. Mas de acordo com o jornal (essa é Gwen Southern, que é tipo três macacos pulando pra lá e pra cá e vê tudo e tá ligada em tudo) o Jackson não sacaneou o cara. Ele levou o cara pra goma exatamente do jeito que falou. Só que foi golpe. E quando o Punjab ficou sabendo que o Jackson vazou, ele ficou no veneno. Como eu disse, o Jackson pegou o beco.

Qualquer um pegava o beco se tivesse com o rabo na reta do Punjab. A gente ficou sabendo que o Jackson foi pro exército. Pela terceira vez, saca. É assim que o Jackson num dá mole: quando ele precisa se esconder, ele some do mapa pra valer. Pô, se ele se conhecesse só um pouquinho desde o começo, ele nunca tinha pegado essa grana emprestada. E se ele não se conhecesse mesmo, devia ter perguntado pra alguém. Aí ele se mandou pro exército. Não adiantou nada. Virou presunto no mesmo dia que saiu de lá. E a mãe dele pra não perder a cabeça também teve que penhorar tudo que tinha e o que não tinha. Mas essa é outra história.

A história que quero contar é sobre o bairro, eu acho, e de como que a dona Ruby descobriu que o Punjab não brinca. Tô falando da dona Ruby porque eu já sabia, porque minha mãe conhecia um monte de Punjabs na época dela e passou isso pra mim junto com as vitaminas e a glicose e todos os nutrientes que vêm pelo umbigo quando cê tá encolhida lá na escuridão esperando pra nascer. Era hora de dá um rolê. E quando é hora de dá um rolê no Brooklyn, geralmente me arrasto prum desses centros comunitários onde tem um monte de peão cabuloso com um canal aberto pros gambé. Em qualquer outro momento sou totalmente a favor de trampar com gente do tipo mais real que tá direto na rua com todo gingado e fica do lado da gente contra os donos dos imóveis e os gambé. Isso é bom no inverno quando não tem tanta gente se embebedando de vinho e cambaleando-caindo e batendo-cabeça. Mas no verão pode ser cabuloso, as ruas. Então, depois dos testes de ficar falando um monte, dei a letra pra dona Ruby assim: "Olha aqui, dona Ruby, eu tenho que começar a datilografar. E conseguir um desses trampos lá pros lados do centro porque o verão tá chegando e a quebrada vai virar um inferno".

Ela me olhou bem nos olhos e disse:

"Preciso de você aqui comigo para traduzir, Violet, porque você sabe que não falo essas gírias de gente negra." Achei isso muito fofo, mas fui em frente com minha prática de datilografia, lendo o dicionário e deixando minha roupa no jeito praquelas entrevistas onde a gente sempre tem que tá bem-vestida, mesmo que tá pedindo só pra lavar janelas e ficar usando uma vassoura idiota.

Mas acabou que foi um verão firmeza. Quente como sempre, mas sem a malemolência. Até na lanchonete com ar-condicionado que a gente come, tudo tava quente e abafado. Dava pra sentir o cheiro de leite azedo e melancia molenga o dia inteiro. O café tava sempre cheio de cinzas, e todo mundo parecia sinistro e sujo, e todos os cachorros pareciam estar com raiva ou qualquer coisa assim. E um dos píeres pegou fogo do nada e tudo tava queimando, inclusive eu. Mas tava tudo de lei e de boa. Até as crianças tavam de boa e na paz e não tavam abrindo os hidrantes nas ruas. As únicas pessoas que continuava com a função eram o Punjab e o vô dele, que sentavam na lata de lixo dando conselhos duma mesma operação.

Como que ela desembaçava as paradas num tenho certeza. Posso adivinhar, mas não adianta contar tudo que sei. Já vi ela fazer uma pá de coisa inacreditável com donos de imóveis e cos gambé e com inspetores de escolas e lojistas com balanças esquisitas, até mesmo com uma coroa antilhana, a sra. Bunch, que nunca deixava ninguém entrar no barraco dela, nem os caras do medidor de água e energia, muito menos alguma mina branca. Bem, eu vi a dona Ruby tirar aquela coroa pra fora do 575 em plena luz do dia, ir no centro comunitário pra falar na gravação, ir no porão da igreja pra descolar o clube da terceira idade e voltar. Mas como que ela realmente desembaçou as paradas com Punjab não entendo merda nenhuma, a não ser pelas teorias sobre os homens, né, sobre os homens negros, e principalmente sobre os homens negros do Sul e a pira deles

84 • Toni Cade Bambara

com mulheres brancas. Minha teoria é que o homem negro ficou preso no pesadelo do homem branco. Mas, de qualquer jeito, deve ter sido o Punjab que pesou geral na chamada fria porque não tem ninguém mais grandão que ele pra fazer isso. Ela deixou o Punjab gamadão, foi isso. Eu tô no telefone, dando um grau nas ideia desses caras que ela tava tentando convencer pra construir uma clínica e que num ficassem entrando numas com os noias dazárea, e lá vem o Punjab. Não com o carango chavoso e os capanga mais chavoso ainda, ele vem caminhando sozinho pela quebrada que nem qualquer pessoa normal de todo dia. E ele espia pela janela sorrindo com entusiasmo. Isso não tem nada a ver com ele que a gente pode ver toda hora de dia ou de noite dando um cola brinco nalguma mina ou tirando uma grana de um bebum aqui e outro ali. E deixa a dona Ruby pedir pra ele fazer alguma coisa. Vai rapidinho que nem uma centopeia tropeçando nas pernas. Ou então eu tô mexendo no mimeógrafo porque ela é mó responsa em deixar o bairro ligado das últimas e que tão passando a perna na gente porque não tamo organizado, e lá vem ele de novo com cerveja ou cigarro ou qualquer coisa. Vou falar um negócio sobre o Punjab: já vi um monte de parada sinistra no nome dele, mas ele nunca foi mão de vaca. Que nem da vez que ele trouxe um panelão de costela e salada de batata e ainda uma panela de *hopping john* (o cozido completo mesmo com feijão fradinho, arroz, carne de porco, couve e molho de tomate) e um galão de vinho Gallo. Mó paia, porque já tinha acabado meu horário e não tinha nenhum motivo pra ficar por aqui a não ser que eu gosto de rangar e tenho uma queda por aquela colher cheia de amor. Eu volto e rango, vou nem mentir.

Pra encurtar a história o que aconteceu foi que ele não só ficou de boa, mas também pagou fiança algumas vezes pra alguns dos alunos talentosos que a dona Ruby disse que tava reabilitando. Um deles se mandou, mas o Punjab não foi atrás dele. E nem foi só isso, o Punjab também meteu a bicuda nuns caras lá na garagem do metrô porque eles ficaram olhando demais pra bunda da dona Ruby e falando coisas. Resumindo, parecia que o Punjab tava caidinho por ela. E aí no outono ela tava na mó marcação com todo mundo pra fazer uma eleição e escolher líderes comunitários pra representar a gente no conselho de redução da pobreza e em vários cantos. A gente pensou logo no Punjab como o cara e que ele finalmente ia ser pago. Pô, vou mandar a real, qualquer pessoa em posição de se colocar pra fazer o corre pra geral sempre vai fazer o que é certo, tá ligado. E tinha uma bufunfa chegando na nossa quebrada. Então a gente achou que o Punjab ia receber a parte dele, porque ele é o único tipo de líder que passava pela nossa cabeça. Só que na hora do vamo vê a maioria das pessoas foi mó desfalque e não desceu pra enfiar aquele cartão amarelo na caixa de leite. Mas no comício, ela contou de verdade todos aqueles cartões e apareceu com um pregador idiota que costumava ser o Papai Noel no Natal, e a vó da Ann Silver, nariz funguento. Esses eram nossos delegados. Nem preciso dizer que a gente foi pra cima. Aí a dona Ruby ficou trincada. Primeira vez que ouvi ela xingando.

"Se vocês não exerceram seus direitos de eleitores, calem suas malditas bocas. É o que dizem os cartões. Acabou."

A dona Elaine do 579 levantou, passou a mão na garganta e nos peitos grandões e veio pra cima e todo mundo ficou sentado lá suando e pensando.

"Agora cê sabe tão bem quanto eu, dona Ruby querida, que o sr. Punjab devia ser uma daquelas pessoas que vai pros lugares e conversam com o Cara. Então eu num vejo nenhum sentido nesses cartões."

"Bem, por que todos vocês não votaram no sr. Punjab?"

O cabelo da dona Ruby tava ficando rebelde.

Aí a irmã Taylor levantou pra dizer que não queria o pastor Smothers pra representar o bairro, já que ele tava tão ocupado imitando as igrejas brancas que tinha até perdido seu coral gospel.

"E num é só isso não", disse ela, apontando pro ar. "Ele nem fala bem pra ser delegado. Dificilmente alguém entende as ideia que ele manda, a não ser quem veio de lá de onde quer que ele seja."

Ela também tinha umas coisas pra dizer pra dona Ruby de todas essas "camadas populares" e "pobres coitados" e outras frases que ela num gostava que saíssem da boca de branco, mas todo mundo ficou fazendo sinal pra ela e sussurrando e tudo mais até que ela finalmente se tocou e puxou o vestido que tava colando nas coxas dela. Não adiantou nada. Assim que ela começou de novo o vestido subiu outra vez e ela ficou com vergonha de colocar a mão onde devia pra puxar o vestido pra baixo, então aí ela sentou.

"O reverendo Smothers e a sra. Silver são nossos representantes", disse a dona Ruby. "Todos os responsáveis do bairro se reunirão com eles para discutir o que vocês acham que deve ser dito na forma de demandas na reunião. Encerrado."

Eu não tava por perto quando o Punjab veio cobrar, digamos assim. Tudo que posso dizer é o que o jornal passou pra mim; e posso, é lógico, descrever como que era o escritório. Mas aí qualquer um poderia invadir lá e dar um pau no lugar. Eu fui vários dias lá e outras das minas também esperando a dona Ruby aparecer. A única pessoa que colou foi um cara com uma prancheta num carro cinza que parecia oficial. Ele fez umas perguntas e escreveu na prancheta. Mas tá ligado como o povo preto pode dá uma de desentendido quando quer.

Brincando com o Punjab • 87

E o Sneaker ficou falando sem parar que devia ter recebido por todo o trampo de ficar andando pra cima e pra baixo pegando informação, independente da dívida com o Punjab. Ele continuou e ainda disse que a dona Ruby tava cheia de merda com todas essas besteiras dela de poder e igualdade e responsabilidade e sacrifício e aí pegou o beco quando a chapa esquentou. Ele falou mais umas coisas de como o cu atrapalha o progresso, mas o Sneaker sempre teve boca suja. O boa-pinta no carro cinza continuou com seus negócios, e a gente continuou com os nossos. E foi isso.

"Vem comigo", tava dizendo o Sneaker, puxando minha amiga. "Tô indo falar dum trampo com o Punjab. Pelo menos ele não fica brincando com seu dinheiro."

Fomos andando com Sneaker até a sinuca pra esperar o Punjab dobrar aquela esquina de duas paredes brancas. Era o que ele sempre fazia todo dia três e dia dezoito.

Falando do Sonny

"Uma coisa tomou conta de mim." Foi tudo que a gente pôde relatar quando voltou pro bairro. Foi tudo que a gente ouviu. Muito provavelmente tudo que ele disse.
"Que coisa horrível de se dizer", disse Lee, balançando a cabeça.
"Bem, e o que se deve dizer quando cê acaba de enfiar uma faca no pescoço da sua mulher? Depois de um gesto desse cê quer eloquência também?"
"Bem, eu mesmo não entendo", disse Lee. "Cê fica lá com a camisa toda ensanguentada, olha o polícia na cara e diz que uma coisa tomou conta dele, como se isso fosse alguma explicação."
"Ah, cara, cê enche meu saco", disse Delauney, fazendo uma careta. "O mano é só mais um cara puto que matou a esposa. Cê tá querendo um orador do Sul. Fica aí com esse maldito avental fazendo todo tipo de exigência nada a ver pro cara e..." Delauney virou pra mim. "Cê entende, né, querida? Tipo, 'Uma coisa tomou conta de mim', cê saca, né?" Eu balancei a cabeça

e ele virou pro barman de novo. "Tá vendo. Cê é o único filho da mãe insensível e estúpido por aqui. Num tem nada na cachola", falou e deu uns tapinhas na cabeça. "Nunca aconteceu nada com você? Não, acho que não. Cê também tá podre de morto, isso sim. Um vacilão vegetal da mamãe."

Lee não disse nada. Enxugou as mãos devagar no avental dobrado na barriga. E aí, muito deliberadamente, encheu meu copo por conta da casa como se quisesse dizer que sabia o que eu tinha nas mãos. Ou talvez ele só se ligou no estado do Delauney e foi compreensivo, sabendo que precisava gritar com alguém. E quer melhor alvo que um barman grande, gordo e desleixado que nunca fez mal a ninguém?

"Comigo acontece às vezes assim." Ele virou para mim de novo. "Posso acordar sem tá pensando em nada em especial e, de repente, vem uma coisa. Uma nuvem do mal. Um acesso de maldade toma conta de mim. Quando dou por mim já tô dando uns olhares malignos e fazendo sacanagem com todo mundo, como cê sabe bem. Do mesmo jeito que às vezes odeio todas as pessoas, só isso. E passo por elas nas ruas e saio fora como se tivessem mortas. Ou posso ficar espiando a machadinha na caixa de vidro da mangueira de incêndio e começar a pensar como eu adoraria levar essa coisa pra trabalhar comigo e fazer acontecer. E às vezes isso dura o dia inteiro. Então cê imagina que pra algumas pessoas esses dias sombrios vão se acumulando e aí... aí..." Ele parou, procurando um gesto definitivo. "Essa nuvem do mal se aproxima de você... É tipo a gota d'água, tá ligada? Cinquenta e tantos dias de pura merda atolada num momento de loucura e buumm, cê enfia uma navalha na garganta da sua mulher." Ele acenou pra si mesmo no espelho do bar, satisfeito por ter botado tudo pra fora e desejando, eu acho, tá contando pra alguém que importava, que podia fazer a diferença no destino do seu amigo agora. "Sim", disse ele e acenou de novo, pegando a bebida, "deve ter sido assim com o Sonny. Uma dessas coisas."

Não sei qual foi a coisa que tomou conta do Sonny no último sábado de tarde, quando os outros caras tavam no parque descolando uma grana e eu suando na cozinha que nem uma idiota, sabendo que o Delauney nunca chegava na hora pro jantar de domingo de qualquer jeito, mas já tinha visto uma ou duas coisas tomarem conta do Sonny antes. Tipo no dia que as meninas me levaram pela mão pra conhecer o pai. E lá estavam todos eles, amigos do conjunto habitacional que cresceram comigo; Teddy, que costumava sair com a rodinha do meu irmão; um machão alto de pernas tortas chamado Richie, o Pateta; e o líder do grupo, o pai das meninas (que no final das contas era o Delauney); e, lógico, o Sonny. Ele tava chegando perto do garrafão pronto pra arremessar e todo mundo do lado gritava: "Vai, Sonny, manda ver". E, de repente — ninguém perto dele pra bloquear nem atrapalhar, sozinho com os olhos fixos na cesta e o pulso prestes a parar a bola solta e com as pontas dos dedos mandando deslizar praquele último arremesso certeiro —, do nada ele congelou e o rosto se contraiu como se a pele tivesse virado ossos e esse tremor saiu das meias e subiu pelas panturrilhas até as coxas. Dava pra ver o arrepio na bunda antes de subir e descer pela espinha. Só aí todo mundo desceu pra quadra se dando conta de que tava acontecendo alguma coisa muito séria.

"Manda, cara, manda."

E olhando com descrença e perplexidade e um pouco de aflição e impaciência também. E aí o Sonny se contorceu em cima da bola, agarrando ela com força. Tiveram que carregar ele e a bola pra fora da quadra num conjunto, como se fosse uma peça de escultura. (As meninas pensaram que ele tava brincando de "estátua", que nem a gente faz no centro comunitário.)

Falando do Sonny • 91

"Ah, inferno, não tem nada de errado com o Sonny", disse o Delauney naquela segunda-feira, quando me convidou pro café da manhã com ele e as meninas. "Ele tá ficando meio velho pra jogar, só isso."

"Mas cê não tá preocupado?", insisti mais tarde. "Quer dizer, se ele tem essas convulsões o tempo todo..."

"Não, não é o tempo todo... Olha, esquece isso. Tenho certeza que ele já esqueceu."

"Bem, ele devia consultar um médico sobre essas convulsões."

"Convulsões?" Delauney inclinou a cadeira pra trás pra rir. "Mina, deixa de fazer tempestade em copo d'água. Não é nada. O Sonny só tá cansado. Os seus músculos também se contorcem assim às vezes. Ele vai superar isso; ele sempre supera. Não faz sentido ficar fazendo tempestade em copo d'água."

Beverly tava estirada no sofá, esperando que Delauney consertasse os patins dela. Eu só fiquei sentada lá, ouvindo alguma rádio gospel que tava dando estática. Delauney também ficou sentado lá, mordendo o bigode e girando a xícara de café no pires como se tivesse pensando nisso. Beverly tava fazendo de tudo pra esperar pacientemente, se remexendo um pouco, roçando na capa de plástico do sofá que grudava nas pernas úmidas dela.

Provavelmente foi minha preocupação com a Beverly e a Arlene, mais do que com o Sonny, que me fez pensar na despreocupação do Delauney. Talvez ele achasse que uma febre também era tempestade num copo d'água, ou uma tosse forte, ou que manchas misteriosas na boca não eram nada. Arlene veio e se sentou no meu colo, esperando que o pai também fizesse um movimento. Distraidamente, ela começou a enfiar os dedos nos buracos da toalha de mesa. Quando dei por mim eu tava enfiando um dedo no buraco do estofado da cadeira, o toque no plástico velho e a lã lá dentro meio

92 • Toni Cade Bambara

que foram me acalmando de uma aflição que nem sequer era minha. Elas não eram minhas filhas, pelo amor de Deus. Ele não era meu pai. E eu não era enfermeira de ninguém tipo a Florence Nightingale. E pensei que talvez talvez o Delauney só tenha essa atitude de descaso com seus amigos do basquete. Que diabos, tenho certeza de que ele é um bom pai. "Que que cê tá fazendo, cara de macaco?", perguntou ele de repente, afastando a mão da Arlene da toalha. "Por que que cês duas não vão brincar lá fora pra mim e a srta. Butler conversar um pouco."

"Cê ia consertar os patins, papai." Ele mordeu o bigode mais um pouco, depois se levantou. Acho que eu tava ficando meio grilada com esse assunto, não que de repente eu tivesse me interessado por neurologia, principalmente pelo sistema nervoso do Sonny, mas porque gostava muito das meninas. E realmente não tava pronta pra qualquer fantasia — eu com vestes brancas e com o coração sangrando resgatando inocentes do ogro feio. Ossos do ofício de assistentes sociais. Eu precisava ser convencida de que o Delauney não era um ogro nem negligente. Acho que eu tava ficando meio cismada com isso.

"Ah, que inferno, Betty, não vamos começar de novo. Olha, o Sonny é um cara adulto e cê não é a mãe dele. Na real, cê não é mãe de ninguém e queria que cê parasse com essa merda de tia-do-jardim-infância. Cara", disse ele pra vidraça da janela, "as mulheres me enchem o saco. Sério."

"É por isso que cê passa tanto tempo com os garotos? Garotos, tá bom! Eu queria que cês pudessem se ver, uns marmanjos correndo por aí de tênis pra cima dos moleques por causa de uns trocados. É doentio. Delauney, quando é que cê vai crescer?"

"Olha aqui", respondeu, com o dedo na minha cara e os olhos meio fechados, "a última mina que começou com essa merda eu coloquei na calçada com nadinha além de um punhado de

Falando do Sonny • 93

moedas pra ir pra casa da mãe. E ela era minha mulher. E se eu não aguentei essa merda da minha própria mulher, cê sabe que não vou deixar..."

"Cê não vai precisar fazer isso. Este apartamento é meu, lembra?"

"Tá certo, tá certo", disse e voltou a mastigar o bigode. Quase lamentei ter intimidado ele com isso. Mas naquela manhã passaram e me pegaram pra ir no Brooklyn, um território novo, pra ver eles atuando. Perderam três de cinco. O Sonny disse que eu dava azar e começou a pegar o tênis. Primeiro, arrancou os adesivos da bicicleta; depois, arrancou os cadarços. Ele rasgou os tênis em pedaços. Ficou lá todo caladão perto do carro enquanto todo mundo bebia cerveja, ficou lá e continuou rasgando e estraçalhando o tênis. Ninguém piscou.

"Bem, talvez o advogado dele alegue insanidade", sugeriu Lee, limpando o bar e esvaziando o cinzeiro do Delauney. "Porra, que pena. Cara legal."

Delauney abaixou a cabeça e esperou Lee ir pro balcão.

"Isso não te deixa puta, pessoas que dizem coisas idiotas como essa? O que que ele sabe? Vai ver ela mereceu. Vai ver foi a coisa mais linda que o Sonny já fez na vida, matando a cadela..."

"Delauney, ela era muito legal. Cê gostava dela."

"Nunca se sabe. Legal. Quem pode dizer? A questão é..." O gesto dele também ficou incompleto. E quando ele se viu no espelho, ficou muito constrangido com os braços agitados pra retomar a coisa. "A questão é..." Ele ficou brincando com uma caixa de fósforos, me olhando com desconfiança, como se eu fosse culpada por tudo aquilo. "Imagino que logo cê vai mandar uma daquelas coisas do tipo eu-te-avisei pra cima de mim. Hein, Betty? E aí vai sentar aí toda presunçosa me acusando de..." Ele perdeu esse fio da meada também.

"Bem, Delauney", falei, "não tem nada que a gente possa fazer sobre isso agora, nada."

"É, tá... Inferno, não é culpa dele. Pobre coitado."

"O que que cê quer dizer com não é culpa dele?"

"Olha, idiota, não é culpa de ninguém, de ninguém. Uma coisa tomou conta dele, só isso. Essas coisas acontecem. Certo?" Ele agarrou o avental do Lee quando ele passou. "Isso aconteceu com você, hein, Lee? Uma coisa simplesmente toma conta de você e aí cê não é mais você mesmo. Cê não é ninguém ou... nada, não é responsável por si mesmo ou pelo que cê faz, ou por qualquer pessoa. É assim que deve ter acontecido."

"Sim, acho que sim", disse Lee, olhando pra mim e esperando que eu inclinasse meu copo vazio na sua direção.

A lição

Na época que todo mundo era velho e tapado ou jovem e idiota e eu e a Sugar era as únicas certas, essa moça mudou pro nosso bairro com o cabelo crespo e falando tudo certinho e sem maquiagem. E lógico que rimo dela, rimo do mesmo jeito que ria do cara do ferro-velho que cuidava das tralha dele que nem se fosse um grande presidente e o cavalo inútil dele, uma secretária. E meio que odiamo ela também, odiamo do mesmo jeito que odiava os bebum que entulhava as praça e mijava nas parede do handebol e deixava os corredor e as escada fedendo e aí a gente num podia brincar de esconde-esconde sem precisar de uma maldita máscara de gás. O nome dela era dona Moore. A única mulher do bairro que num tinha o primeiro nome. E ela era bem preta, menos os pés, que era branco-peixe e sinistros. E ela tava sempre planejando essas coisas chata pra caralho pra gente fazer, a gente minha prima, na maioria das vezes, que também morava no bairro porque a gente mudamo pro Norte ao mesmo tempo e pro mesmo apartamento aí fomo se espalhando aos poucos pra respirar. E as nossas mães esticavam os cabelos da gente dum jeito e arrumavam nossas roupa pra ficar apresentável pra poder sair com a dona Moore, que sempre parecia que tava indo pra igreja, mesmo que ela nunca fosse. Isso é só uma das coisa que os demaior falava dela pelas costas. Mas quando ela vinha com algum sachezinho de perfume que costurava ou com algum pão de gengibre que fazia ou com algum livro, aí todo mundo ficava com vergonha de não aceitar e entregava a gente tudo embonecado. Ela tinha ido pra faculdade e falou que era o certo pegar pra ela a responsabilidade de educar os jovens, e ela nem era nossa parente nem de casamento nem de sangue. Então todo mundo se acostumou. Principalmente a tia Gretchen. Ela era a pessoa que mais fazia as coisa na família. Se tem uma velharia idiota de merda que alguém precisa ir atrás, manda chamar a tia Gretchen. Já se aproveitaro dela por tanto tempo que é até normal, tá no sangue dela. E foi assim que ela ficou na mó responsa comigo, a Sugar e o Júnior, enquanto nossas mães tava nos apartamento metido a besta do bairro se divertindo.

Aí um dia a dona Moore juntou nós perto da caixa de correio e tá quente que nem o inferno e ela tá se acabando com a matemática. E a escola deve ficar mais de boa no verão, eu ouvi falar, mas ela num para nunca. E a goma da minha jardineira tá me arranhando pra diabo e eu tô realmente odiando essa vadia de cabelo crespo e o maldito diploma universitário dela. Preferia ir pra piscina ou assistir uma coisa bacana. Aí eu e a Sugar encostamo na caixa de correio sendo rude, que é uma palavra da dona Moore. E o Mosca tá checando o que que todo mundo trouxe pro almoço. E o Butt Gorducho já tá desperdiçando o sanduíche de pasta-de-amendoim-e-geleia que nem o porco que ele é. E o Besouro dá um soco no braço do Q.T. derrubando as batatinhas. E a Rosie Girafa fica

98 • Toni Cade Bambara

mudando de uma perna pra outra esperando alguém pisar no pé dela ou perguntar se ela é da Geórgia pra ela poder chutar na bunda, de preferência a da Mercedes. E a dona Moore pergunta se a gente sabe o que que é dinheiro que nem se a gente fosse um bando de retardado. Quero dizer, dinheiro de verdade, ela falou, que nem se aquilo que a gente dá pro dono da mercearia fosse ficha de pôquer ou papel do Banco Imobiliário. E já tô cansada disso e falo logo. Preferia me mandar com a Sugar pro Sunset e tocar o terror na pivetada das Antilhas e pegar as fitas dos cabelo e a grana deles também. E a dona Moore arquiva essa fala pra lição da próxima semana sobre fraternidade, tô até vendo. E aí digo que nós devia ir pro metrô que é muito mais bacana e sem contar que a gente podia conhecer uns meninim bunito. A Sugar bem passou o batom da mãe dela, aí tamo pronta.

Descemo a rua e ela tá enchendo o nosso saco falando quanto custa as coisas e quanto nossos pai ganha, quanto vai pro aluguel e como que o dinheiro não tá dividido direito nesse país. E aí ela fala que nós somo tudo pobre e moramo em favela, eu não gostei disso. E já ia falar, só que ela sai pela rua e chama dois táxi. Aí ela leva metade da turma com ela e me entrega uma nota de cinco dólares e me diz pra calcular a gorjeta de dez por cento pro motorista. E saímo fora. Eu e a Sugar, o Besouro e o Mosca pendurado pra fora da janela e gritando pra todo mundo, passando batom um no outro, o Mosca já é viado mesmo, e fazendo peidos com o suvaco suado. Mas mais que tudo eu tô tentando descobrir como gastar essa grana. Só que eles tão tudo fascinado com o taxímetro e aí o Mosca aposta quanto que vai dar e o Besouro não consegue mais prender a respiração. Aí a Sugar aposta quanto que vai dar quando a gente chegar lá. Então tô sem saída. Ninguém quer seguir meu plano, que é pular no próximo sinal e correr

A lição • 99

pro primeiro churrasquinho que a gente encontrar. Aí o motorista manda a gente dá o fora porque já chegamo. E o taxímetro mostra oitenta e cinco centavos. Eu tô enrolando pra pensar na gorjeta e a Sugar fala dá um centavo pra ele. E aí decido que ele num precisa tanto disso que nem eu, então tchau tchau pra ele. Só que ele tenta sair com o pé do Besouro ainda na porta e falamo uma coisa horrível da mãe dele. Aí nós se liga que tamo na Quinta Avenida e todo mundo aqui usa meia-calça. Tem uma dona cum casaco de pele, num puta calorão desse. Gente branca é maluca.

"Este é o lugar", diz a dona Moore, com aquela voz que ela usa no museu. "Vamos dar uma olhada nas vitrines antes de entrarmos."

"A gente pode roubar?", pergunta a Sugar muito séria tipo querendo conhecer as regras antes de jogar.

"Como assim?", pergunta a dona Moore, e caímo na gargalhada. Aí ela vai mostrando as vitrines da loja de brinquedo e eu e a Sugar gritando: "Isso é meu, isso é meu, eu tenho que ter isso, isso foi feito pra mim, eu nasci pra isso", até que o Butt Gorducho abafa nóis.

"Ei, vou comprar isso aqui."

"Isso aí? Cê nem sabe o que que é, idiota."

"Sei sim", diz ele socando a Rosie Girafa. "É um microscópio."

"Que que cê vai fazer com um microscópio, besta?"

"Olhar pras coisa."

"Tipo o quê, Ronald?", pergunta a dona Moore. E o Butt Gorducho não tem a menor noção. Então lá vai a dona Moore tagarelando das milhares de bactérias numa gota d'água e um monte de outras numa partícula de sangue e um milhão e tantas coisas vivas no ar a nossa volta que são invisíveis a olho nu. Pra quê ela foi falar isso? O Besouro se acaba com o "olho nu" e a gente vai na dele. Aí a dona Moore pergunta

100 • Toni Cade Bambara

quanto custa. Nós empuleramo na vitrine sujando tudo e a etiqueta do preço diz trezentos dólares. Aí ela pergunta quanto tempo o Butt Gorducho e o Besouro ia levar pra economizar as mesadas e ter essa grana.

"Um tempão", digo.

"Ééé", ajunta a Sugar, "eles já vai tá velho presse troço." E a dona Moore diz não, você nunca fica velho para os instrumentos de aprendizagem. "Ora, até mesmo estudantes de medicina e estagiários e..." blá, blá, blá. E tamo pronto pra dá um sufoco no Butt Gorducho por ter começado essa maldita ladainha.

"Isso aqui custa quatrocentos e oitenta dólares", diz a Rosie Girafa. Aí nós amontoamo em cima dela pra ver o que que ela tá apontando. Meus olhos me dizem que é um pedaço de vidro que foi rachado com alguma coisa pesada e colocaram umas tintas de várias cores pingando das rachaduras e aí a coisa toda foi colocada num forno, tipo assim. Mas não faz sentido ser quatrocentos e oitenta dólares.

"É um peso de papel feito de pedras semipreciosas fundidas sob uma pressão tremenda", explica ela bem devagar, com as mão fazendo a mineração e todo o trabalho da fábrica.

"Mas o que que é um peso de papel?", pergunta a Rosie Girafa.

"Um negócio que pesa papel, tipo balança, ô mané", responde o Besouro, o sábio do Oeste.

"Não exatamente", diz a dona Moore, que é o que ela diz quando cê quase acertou e quando errou feio também. "É para fazer peso sobre o papel para que não se espalhe e deixe sua mesinha desordenada." Na mesma hora eu e a Sugar fizemo uma reverência uma pra outra e depois pra Mercedes que é do tipo mais arrumadinha.

"Num deixamo papel em cima da mesa na minha aula", responde o Besouro, achando que a dona Moore tá pirada ou mentindo.

"Em casa, então", retruca ela. "Você não tem um calendário, um estojo de lápis, um mata-borrão e um abridor de cartas na sua mesa, onde faz suas tarefas em casa?" E ela sabe muito bem como é que é nossas casa porque ela fica bisbilhotando sempre que pode.

"Eu nem tenho uma mesa", diz o Besouro.

"Ah, não?"

"Não. E também num tenho lição de casa pra fazer", diz o Butt Gorducho.

"E eu nem tenho casa", comenta o Mosca do jeito que ele sempre faz na escola pra tirar os brancos da cola dele e deixar eles com pena. Fazer o moleque pobre nas propagandas é a especialidade dele.

"Eu tenho", diz Mercedes. "Tem uma caixa de papel de carta na minha mesinha e uma foto do meu gato. Minha madrinha comprou o papel de carta e a mesa. Tem uma grande rosa em cada folha e os envelopes têm cheiro de rosas."

"Quem que quer saber das suas coisa de papelaria cheirando a bunda", diz a Rosie Girafa antes de eu dar o meu pitaco.

"É importante ter uma área de trabalho própria para que..."

"Gente, olha esse veleiro, por favor", fala o Mosca, interrompendo e apontando pra coisa que nem se fosse dele. Aí mais uma vez caímo um por cima do outro pra olhar essa coisa magnífica na loja de brinquedos, que é grande o suficiente pra fazer dois gatinhos navegar numa lagoa se amarrar eles bem direitinho. Nós tudo começamo a recitar a etiqueta do preço do jeito que a gente faz na escola. "Veleiro de fibra de vidro feito à mão por mil cento e noventa e cinco dólares."

"Inacreditável", digo do nada e tô realmente chocada. Eu li de novo porque vai que a recitação em grupo me colocou num transe. Mesma coisa. Por algum motivo, isso me tira do sério. Olhamo pra dona Moore e ela olha pra nóis, esperando eu sei lá o quê.

"Quem que vai pagar tudo isso quando lá no Pop's cê pode comprar um veleiro de vinte e cinco centavos, um tubo de cola de dez centavos e uma bola de lã de oito centavos? Deve ter um motor e um monte de coisa", digo. "Meu veleiro custou uns cinquenta centavos."

"Mas pode colocar na água?", pergunta a Mercedes, bancando a espertalhona.

"Levei o meu pro Alley Pond Park uma vez", diz o Mosca. "O barbante arrebentou, e eu perdi ele. Foi uma pena."

"Levei o meu pra navegar na mina do Central Park e ele tombou e afundou. Tive que pedir mais um dólar pro meu pai."

"E levou uma cintada!" O Butt Gorducho ri. "O imbecil nem tinha uma corda pra puxar. Meu velho deu uma surra no traseiro dele."

Q.T. tava olhando vidrado pro veleiro e dava pra ver que ele queria muito. Mas ele era muito pequeno e alguém ia acabar pegando dele. Então que se dane.

"Esse barco é pra criança, dona Moore?"

"Só pais bestas pra comprar uma coisa dessas que vai quebrar num instantinho", comenta a Rosie Girafa.

"Por esse preço devia durar pra sempre", penso.

"Meu pai comprava pra mim se eu quisesse."

"Seu pai, uma ova", diz a Rosie Girafa, finalmente tendo uma chance pra empurrar a Mercedes.

"Deve ter gente rica que compra aqui", diz o Q.T.

"Cê é um moleque muito esperto", retruca o Mosca. "Como que cê percebeu?" E bate na cabeça dele cum peteleco, já que o Q.T. é o único de quem ele consegue se safar. Mesmo que o Q.T. venha daqui a uns anos e pegue ele quando menos esperar.

"O que eu quero saber é", digo pra dona Moore, apesar de nunca falar com ela, num fico dando satisfação pr'essa vadia, "quanto que custa um barco de verdade. Eu acho que mil dá pra comprar facilmente um iate."

A lição • 103

"Por que você não verifica isso", diz ela, "e informa o grupo?" Que chata do caralho. Se cê vai atrapalhar um dia de piscina perfeito, o mínimo que pode fazer é dar umas resposta. "Vamos entrar", diz ela que nem se tivesse uma carta na manga. Só que ela nem mostra o caminho. Aí eu e a Sugar viramo a esquina onde fica a entrada, mas quando chegamo lá eu meio que travo. Não que eu tô com medo, num tem nada pra ter medo, é só uma loja de brinquedos. Mas me sinto esquisita, com vergonha. Do que que eu tô com vergonha? Tenho tanto direito de entrar ali que nem qualquer pessoa. Só que num sei por que num consigo segurar a porta, aí me afasto e a Sugar me leva. Mas ela também fica parada. E eu olho pra ela e ela olha pra mim e isso é ridículo. Quer dizer, porra, nunca tive vergonha de fazer nada nem de ir pra lugar nenhum. Aí a Mercedes vem entrando e a Rosie Girafa e o Butt Gorducho se aglomeram atrás e empurram e aí nós tamo tudo passando pela porta e a Mercedes passa se espremendo pela gente, alisando o casaco dela e desfilando pelo corredor. E o resto de nós cai que nem quando cê bate na primeira pedra duma fileira de dominó. E as pessoas tudo olhando pra gente. E é igual daquela vez quando eu e a Sugar invadimo uma igreja católica por causa duma aposta. Só que quando chegamo lá tudo tão silencioso e sagrado e as velas e todo mundo curvado e os lenços nas cabeça tudo caída, eu simplesmente não consegui continuar com o plano. Que era pra eu correr até o altar e dançar sapateado enquanto a Sugar tocava flauta com o nariz e mexia na água benta. E a Sugar continuou me dando cotovelada. Aí mais tarde ela ficou me provocando tanto que eu amarrei ela no chuveiro ligado e tranquei ela. E ela ia tá lá até agora se num fosse a tia Gretchen finalmente perceber que eu tava mentindo que era o inquilino que tava tomando banho.

Mesma coisa na loja. Nós ficamo tudo andando na ponta dos pés e quase nem tocamo nos jogos e nos quebra-cabeças e nas coisa lá. E fiquei olhando a dona Moore, que tá sempre olhando pra nós que nem se tivesse esperando alguma coisa. Que nem a Mama Drewery fica olhando pro céu e farejando o ar e fiscalizando a inclinação da formação dos passarinhos. Aí eu e a Sugar trombamo uma na outra, tão ocupadas olhando pros brinquedos, principalmente o veleiro. Mas não rimo e vamo pro nosso número de moça-gorda batendo-barriga. Só ficamo olhando praquela etiqueta do preço. Depois a Sugar passa o dedo no barco todo. Tô até com ciúme e quero bater nela. Acho que não nela, mas com certeza quero dar um soco na boca de alguém.

"Por que que cê quis trazer a gente aqui, dona Moore?"

"Você parece zangada, Sylvia. Você está com raiva de alguma coisa?" Me dando um daqueles sorrisos que nem se tivesse contado uma piada dos demaior que nunca é engraçada. E ela tá me olhando bem de perto, que nem se planejasse fazer meu retrato de memória. Tô brava, mas não vou dar essa satisfação pra ela. Então ando desajeitada pela loja, ficando muito entediada.

"Bora", digo. Eu e a Sugar na parte de trás do trenzinho, olhando os trilhos zunindo alto e depois baixo e depois sendo engolidos no escuro. Tô pensando nesse brinquedo complicado que vi na loja. Um palhaço que dá cambalhota numa barra e depois levanta a barra só porque cê puxa um pouco a perna dele. Custa trinta e cinco dólares. Eu podia me ver pedindo um palhaço de aniversário de trinta e cinco dólares pra minha mãe. "Cê quer um negócio que custa o quê?", ela perguntaria com cara de quem quer saber como que foi que eu fiquei doida. Trinta e cinco dólares podia comprar beliches novas pro filho do Junior e da Gretchen. Com trinta e cinco dólares a família toda podia visitar o vô Nelson no interior. Trinta e cinco

A lição • 105

dólares paga o aluguel e a conta do piano também. Quem é essa gente que gasta tanto em palhaço fazendo palhaçada e mil dólares em veleiro de brinquedo? Que tipo de trabalho elas fazem e como que vivem e por que que a gente também num tá nessa? Onde estamos é quem somos, a dona Moore sempre fala isso. Mas não tem que ser necessariamente assim, ela sempre completa e aí espera que alguém diga que os pobre têm que acordar e pegar uma fatia do bolo só que nenhum de nóis sabe de que porra de bolo ela tá falando pra começo de conversa. Mas ela nem é tão esperta assim porque eu tô com os quatro dólares do táxi e ela com certeza num vai nem perceber. Estragando meu dia com essa merda. A Sugar cutuca meu bolso e dá uma piscadinha.

A dona Moore enfileira a gente perto da caixa de correio de onde saímo, parece que faz anos, e eu tô com dor de cabeça de ficar pensando tanto. E escoramo um no outro pra poder aguentar a palestra chata de merda que ela sempre faz no final, antes de nós agradecer ela por fazer a gente chorar de tanta chatice. Mas ela só olha pra nós que nem se tivesse lendo folhas de chá.

"O que acharam da F.A.O. Schwarz?", diz ela finalmente.

"Gente branca é maluca", resmunga a Rosie Girafa.

"Quero voltar lá quando ganhar o dinheiro do meu aniversário", diz a Mercedes e aí tiramo a mochila pra ela se apoiar sozinha na caixa do correio.

"Eu quero tomar banho. Esse dia foi muito cansativo", diz o Mosca.

Aí a Sugar me espanta:

"Sabe, dona Moore, acho que nóis tudo aqui come um ano inteiro com o que custa aquele veleiro". E a dona Moore arregala os olhos que nem se alguém tivesse beliscado o rabo dela. "E?", diz, instigando a Sugar. Só fico ali pisando no pé dela pra

106 • Toni Cade Bambara

ela num continuar. "Imagine por um minuto que tipo de sociedade é essa em que algumas pessoas podem gastar num brinquedo o que custaria para alimentar uma família de seis ou sete pessoas. O que você acha?"

"Eu acho", diz a Sugar, empurrando meus pés dum jeito que ela nunca fez antes, porque eu chutava a bunda dela na hora, "que isso não é muito de uma democracia se cê me perguntar. Oportunidade igual pra buscar a felicidade significa que tem que rachar a grana com todo mundo, né?" A dona Moore fica encantada e eu me revolto com a trairagem da Sugar. Aí piso no pé dela mais uma vez pra ver se ela vai me empurrar. Ela cala a boca e a dona Moore olha pra mim com tristeza, eu acho. E tem uma coisa estranha acontecendo, eu sinto no meu peito.

"Alguém mais aprendeu alguma coisa hoje?", pergunta ela, olhando fixo pra mim. Eu saio fora e a Sugar tem que correr pra me alcançar e nem parece perceber quando tiro o braço dela do meu ombro.

"Ei, pelo menos nós tem os quatro dólar", diz ela.

"Aham."

"Podemos ir na Hascombs e dividir meia barra de chocolate e depois no Sunset e ainda sobra uma grana pras batatinha, refrigerante e sorvete."

"Aham."

"Bora correr pra Hascombs", ela diz.

Vamo descendo a rua e ela vai na frente, de boa pra mim, porque tô indo pro West End e depois vou dar um rolê pra pensar nesse dia. Ela pode correr se quiser e até correr mais rápido. Mas ninguém vai me passar pra trás em nada.

A lição • 107

A sobrevivente

Jewel acordou meio que esperando estar na sala de recuperação, esmagada de tristeza e chorando por uma perda irrecuperável, até que se lembrou de que eram só suas amígdalas, e os soluços eram mais resultado do pentotal sódico do que seu estado de espírito. Mas isso foi anos atrás. Agora ela estava acordando num ônibus em alta velocidade, e uma viagem de ônibus é uma coisa perigosa. A mente distraída, alvo fácil para todos os sonhos quase esquecidos que engrenam e instigam as câmeras a rodar delirantes. O Irmão Billy numa aposta pulando com os olhos vendados de um penhasco em Morningside Park. A velha zeladora, sua amiga no tabuleiro de damas, sendo retirada do porão numa maca encardida, morreu de fome, foi deixada para esperar na calçada enquanto os atendentes pegavam um cigarro e ela gritava, impotente. Carl Berry, que de manhã, com ternura, se entregou, saltando do telhado — da última altura. Bisavô Spencer com os olhos vazios preso debaixo de lençóis de borracha enquanto eles davam choque nele como se fosse o Frankenstein, e ela tinha assinado e ele tinha implorado, mas ela tinha assinado...

Seus pés nas perneiras da maca, se afastando de si mesma, mas outra ela estava presente enquanto o mineiro de carvão com o olho de ciclope despejava blocos dela, o melhor dela, quartzo rubi e odores, água abaixo, como se desenterrasse uma porção infectada de um veio perigoso, e por tanto tempo ela se sentiu voltando a si mesma para enfrentar a dor muito cedo — cortando minhas asas, não, me libertando da moléstia — tanto tempo como se grandes porções fossem malignas — parece que muito de mim é maligno — então vagando para outro lugar silencioso e aquecido como uma flanela. Mas isso foi anos atrás.

as vans chegando durante a noite para transportar tudo em caixas de bebida marcadas "este lado para cima" quando tudo mais estava de cabeça para baixo agora que o homem com as mangas arregaçadas era o homem que regia a orquestra de câmeras era o homem curvado sobre as sobras da edição era o homem inclinado sobre seus seios e rolando para se tornar apenas um senhor muito morto

Ela aprendeu crescendo na escuridão que esposas eram as mulheres encontradas amarradas a barcos afundados no fundo do lago, com os cabelos envolvidos pelas algas marinhas. Maridos eram homens com as cabeças esmagadas, encharcados de álcool, presos sob o volante do motorista e empurrados no precipício. Esposas eram criaturas tensas atormentadas contra as quais se conspira com ilusões de ótica, gravadores, coincidências e funcionários malignos até que enlouquecem e se herda seus bens. Maridos eram sofás enfadonhos contra os quais se trama com seus namorados conversíveis que sabiam como convencê-los a aumentar o seguro no momento crítico. Esposas eram vítimas empurradas além do limite e então arrancadas repentinamente da beirada por aquela gota d'água que carregamos desde o nascimento bem a tempo de abater barrigas de breja no quarto. Maridos eram vermes que se voltaram contra as *femmes fatales* que eram muito atrevidas para tramar sua morte e foram estranguladas com cordas de piano.

Jewel uma vez, depois de uma de suas discussões mais ferozes, pegou um alfinete e o furou até a morte. E quando ele saiu do banheiro, com a barba feita pela metade e desconfiado da calmaria repentina na guerra, viu sua fotografia espetada e quebrou a coroa dos dois dentes da frente dela.

"Tão prevendo quinze centímetros de neve quando anoitecer e ventos fortes", disse o homem ao seu lado. Ele bateu na janela e os flocos de neve logo mudaram de padrão escorregando no vidro como chuva. Jewel olhou despreocupada para a paisagem que passava. Parecia que algo anormal tinha sido feito às árvores.

"Hum", respondeu ela, alisando de novo o livro no que ainda restava de colo no nono mês. Mas antes que ela pudesse se lembrar do que estava lendo, seus olhos se descolaram da página brilhante para se afogar nas sombras de seu quadril, depois flutuaram novamente e giraram para a parte de trás do assento gasto à sua frente, fixando num amontoado de fios desgastados acenando, acusando, a cada solavanco do ônibus. Ela mudou de posição, não tanto para equilibrar o bebê, mas para fazer malabarismos com os perigos da mente, para aliviar os gritos em sua cabeça antes que se tornassem uma batida na parede — me deixa enlouquecer, vó. Me deixa sangrar e me perder para sempre e ser ninguém. O ônibus correndo pela paisagem esbranquiçada até a velha que poderia eliminar o íncubo que a devorava com uma simples imposição de mãos.

"Espero que a gente chegue na cidade antes que as rajadas comecem", disse o homem, oferecendo um chiclete. Jewel fechou os olhos e se fingiu de morta.

ele tropeçou com a garganta cortada, agarrou o pescoço com todos os dedos como se para tapar o dique. Que sangue brilhante, foi isso que a paralisou enquanto ele gorgolejava para assumir o controle, uma mão em cima da outra e os ombros curvados como se quisesse evitar que a cabeça caísse. E ela desmaiou ali, registrando apenas brevemente os choques sismográficos em seu próprio sangue, depois não conseguiu registrar mais nada. Ela acordou e o encontrou sendo atendido na mesa da cozinha, a luz fluorescente da pia arrancada e pendurada nas venezianas da janela, os fios percorrendo o corpo dele, a luz lançando um azul esverdeado na sutura enferrujada que amarrava o pescoço. E ele tinha vivido. Para nunca mais organizar ou ligar suas câmeras para nada além de atores, principalmente ela. E nada foi dito sobre ele poder ter morrido. Ela desmaiou e o matou. Nada dito, mas não esquecido, na corrente sanguínea impedindo-o de ir até ela, mantendo-o longe dela. E enroscado na memória dela, pulando nas últimas, agarrando-a no caixão e girando-a para jogá-la nas cadeiras dobráveis e para cima e para baixo das flores, sufocando

"O motorista disse que tem dez minutos", anunciou o homem, sorrindo para a protuberância no colo dela. "Eu sei que você vai ficar feliz de ficar confortável. Quando minha esposa tava grávida, ela era alta e tinha pernas compridas que nem você..."

Dez minutos. Sem rotas. O passado se espalhou sobre ela e a mente toda desordenada, sem espaço para pensar. Dez minutos. Vovó Candy vai querer conversar. Jewel pigarreou, temendo que tivesse perdido todas as palavras. Frenética, ela montou uma frase simples de cumprimento e indício de exaustão. Isso seria o suficiente para levá-la do ônibus para a caminhonete, para a casa e para uma cama no escuro. Além disso, a Dona Candy, como ela chamava a mulher nos últimos anos, não insistia em puxar conversa. Ela quase sempre fazia afirmações sobre si mesma, depois parava, dando bastante espaço e tempo para que respirasse.

Elas estavam paradas no campo. Um plano médio com luz quente. Jewel, alta, com ombros quadrados e panturrilhas atléticas, estava puxando a aba de seu boné jeans para baixo e usando as duas mãos para proteger os olhos. Dona Candy, delicada, mas vigorosa e sólida, nunca se escondia nem do sol nem da chuva. Ela ficou parada com os braços ligeiramente dobrados, as mãos escorregando dos quadris. O solo foi arado para receber a chuva profundamente, caso venha, explicou Dona Candy, voltando-se para os galpões para mostrar à neta tudo que havia feito com a fazenda da família, dando à jovem tempo para iniciar a conversa que tinha viajado de Nova York para ter.

"Está esperando faz muito tempo, parece", disse Jewel, passando a mão pela casca da árvore que Dona Candy plantou no dia do batismo de Jewel. "A chuva vai chegar quando tiver que chegar. É uma boa árvore", comentou ela como se fosse uma coisa casual.

Dona Candy se curvou sobre o solo e traçou a trajetória das raízes das árvores que mal apareciam sob a grama áspera.

"Uma boa mulher não apodrece", disse ela de cócoras como uma sábia ancestral. "Mas homens tontos demais com certeza podem deixá-la madura demais", acrescentou Jewel.

A sobrevivente • 113

Dona Candy inclinou a cabeça para rir por um longo tempo. Depois as duas entraram na casa, abraçadas. A lareira Franklin foi transferida para a sala de estar, elas se sentaram diante do fogo e espalharam o álbum de fotografias. O primeiro marido de Dona Candy foi o médico. E enquanto ela esperava que ele terminasse a faculdade, ganhou seu certificado de parteira, ensinou oratória, descobriu que era estéril e assumiu a fazenda da família pela primeira vez. Ela dizia que ir para a cama com ele era como ir para a cama com uma mobília da sala de jantar. Casaram-se na grande igreja de pedra que ainda fica na encruzilhada. Ele morreu pouco depois e toda a família pensava que Dona Candy, ou M'Dear como era chamada na época, ficaria fechada com tábuas na casa para sempre. Mas então ela voltou a dar aulas de oratória e a fazer partos pelo interior. Vinte anos depois, Willie Dupree apareceu na cidade. Fly, era como eles o chamavam. Fast Foot, Cool Breeze, Willie Wail. Ela o chamou de Honey. Ele a chamou de Miss Candy. Casaram-se num arroubo de paixão, foi como ela disse, apontando para as duas fotos de casamento lado a lado. Na primeira, rígidos, posando e sóbrios. A outra, um plano aproximado de dois rostos sorridentes, tão perto que se podia ver as flores de amor no pescoço dela como se um vampiro tivesse saltado pela veneziana.

Dona Candy riu dessa ideia, dizendo que Honey era o tipo de homem louco com quem você dançava toda feliz na beira do abismo. Só que ele dançou longe e com outra pessoa e sem nenhum abismo à vista. E ela entregou a fazenda aos primos Caroline, transformou a caminhonete num trailer e ficou na estrada por vários anos consertando panelas e afiando lâminas e foi parar na Nova Inglaterra.

"E o Paul?", perguntou ela finalmente, pois é óbvio que era por isso que havia representado a cena de compartilhar suas memórias. "Aquele homem não tem pressa para nada."

"Ele é muito dedicado", disse Jewel para defendê-lo. "Tem muito trabalho para ser feito... antes da gente fazer... nossos preparativos."

"E enquanto você tá amadurecendo como vai no trabalho?" Dona Candy sorriu

"Tenho uma peça nova no outono. Os direitos do filme foram vendidos e talvez começo a filmar..." Ela não queria entrar nesse assunto. Queria falar de outras coisas, coisas que se falavam na cozinha enquanto trançava seus cabelos, enquanto alguém preparava biscoitos e fazia comentários aleatórios de vez em quando, enquanto "Wings Over Jordan" estava tocando no rádio e a conversa era interrompida quando uma de suas canções favoritas começava. Mas os laços familiares já não eram tão estreitos, e não havia ninguém para dizer vem aqui que eu vou te proteger quando alguém estava em crise. Então ela foi até M'Dear, Dona Candy, a última daquela geração que acreditava em apoiar, foi falar sobre este homem e suas distâncias. Ela queria contar para ela sobre os anos de penitência, como ele perdoou peça por peça

deitada ali suando, as pernas ainda tremendo, os mamilos ainda duros, ela o sentiu se afastar, viajando grandes distâncias. Quando apenas alguns momentos antes pularam juntos as ondas, e sem ressaca, sem afogamento, sem perigos ao se soltar. Pela primeira vez em muito tempo ele não estava morrendo, nem perdoando ou negando, mas a amando e se entregando ao prazer. Apenas uma fração de segundo atrás, ela o sentiu junto dela e novamente o tocou e depois o sentiu recuar, o músculo do braço flexionado sob suas costas, alerta para uma emboscada, então flácido, então desapareceu. Ele rolou e ligou o rádio e desapareceu na música. Ela se aconchegou nas suas costas e tentou enroscar as pernas nas dele. E ele se tornou uma boneca matrioshka

O homem a ajudou a descer do ônibus e deixou sua mala junto à caixa de correio da praça da cidade. Jewel olhou em volta. Era um enorme espaço aberto, silencioso e parado e pronto para a neve. As árvores, agora livres de seus trapos, estavam nuas, aguardando um ataque. Logo viriam rajadas. A caminhonete de Dona Candy não estava à vista. E as lojas estavam fechadas, já era noite. Em pânico, ela sentiu um vazamento em algum lugar. Parecia não haver espaço interno para fazer uma pausa e deixar a mente localizar a fonte. Ela olhou fixamente para a calçada. Minha bolsa estourou, disse a si mesma, minha bexiga. E então fingiu que nada estava acontecendo. Fungou. Não tinha certeza se era o nariz ou os olhos. Resolveu se concentrar em novamente reunir palavras para Dona Candy. Ela gostaria de saber antes de mais nada sobre o acidente. Jewel não conseguia se concentrar. Ainda estava vazando em algum lugar, como uma ducha rápida demais que te deixa borbulhando dentro das calças o dia todo. Mas não podia ser isso. Ela olhou em volta. Ao ar livre, meditou, existe espaço para o terrível, se é que existe espaço de qualquer tipo. Ela virou seu lado bom para a figura solitária que tinha dobrado a outra esquina, jogando sal de um balde como um fazendeiro. Observou com o canto do olho, imaginando se ele poderia sentir o calor, se ela sorria radiante o bastante, se ela poderia virá-lo e ele vir correndo para recolhê-la em seu balde.

"Jewel." Como se ela tivesse acabado de decidir o nome adequado para o bebê, conforme os mais velhos contavam. Dona Candy estava debruçada e abaixando a janela. Jewel entrou com dificuldade, beijou a velha e elas se recostaram para se olhar. Jewel estava mais gorda do que o normal e meio que escancarada ao redor dos olhos que pareciam perigosamente brilhantes. Dona Candy parecia ter ficado menor, ou talvez apenas engolida na echarpe xadrez que foi de Dupree de alguma época em que pescava, pois os buracos e amarrações e rasgos eram anzóis e chaves e ferramentas às cinco horas da manhã e com muito sono para se importar. Jewel se lembrou de repente de que gostava muito de Honey Dupree. Ele e Paul foram pescar uma vez, ficaram bêbados e voltaram encharcados e berrando.

"Tô vendo que você trouxe uma neve de outono junto, Jewel", comentou ela, sorrindo e dirigindo devagar, fazendo questão de mostrar que estava sendo cuidadosa com sua passageira. Ninguém, ao que parecia, estava se preparando para uma ventania ou tempestade de neve. Mesmo os grandes barcos de pesca ainda estavam carregando, os velhos Portagees balançando para o lado para puxar uma rede ou um barril de vinho. O veleiro de Dona Candy, balançando e lutando contra as amarras surradas, nem mesmo foi puxado para a costa, muito menos preparado para a estação. Bad William, sócio de Dona Candy na loja de moagem, estava além do cais, equilibrando-se numa confusão de pedras e cantando como sempre. Muito longe para chamar, muito frio para baixar a janela, muito cansada para se importar, Jewel sorriu ao se lembrar dele parado na porta da casa de Dona Candy, grande e desajeitado com as mãos, se apresentando apenas como sócio, para que a mulher que ele considerava jovem e elegante não pensasse mal de sua presença. Dona Candy estacionou e Jewel sentiu o carro afundar no cascalho. Ela assistiu às tentativas de Bad William com o equipamento. Ele ergueu as armadilhas das rochas, recuperando a armadilha, molhada e enferrujada, o pedaço branco de isca voando entre os arames como um pássaro louco se debatendo para ficar livre para voar sobre eles e carregar o teto da caminhonete. Dona Candy buzinou e Bad William deixou a armadilha deslizar para longe das rochas e afundar abaixo. Ele acenou de volta, mas sua mão parecia muito próxima, como através de uma lente objetiva numa nova ordem, como se fosse quebrar o para-brisa.

"Preciso encher essa entrada com um pouco mais de pedra", disse Dona Candy.

"Sim, já faz um tempo que a terra continua cedendo..."

A velha se virou em seu assento e decidiu que a caminhonete estava perto o suficiente da casa.

Quando acordou, estava sob uma manta de patchwork, um retalho ela conhecia, pois tinha sido a capa do seu carrinho de bebê. Algo barulhento estava cozinhando na lareira, um pato talvez, algo gorduroso pelo menos. Dona Candy estava estendida no sofá em frente, bebericando xerez, uma tigela de mirtilos no colo, uma revista enrolada no peito.

"Você com certeza capotou", disse ela. "Como você tá se sentindo?" Ela direcionou os olhos de Jewel para o carrinho de alumínio na porta da cozinha, misterioso sob o lençol branco, mas nada misterioso. A mulher estava preparada.

Jewel balançou a cabeça e sentiu seus olhos se desviarem da mulher. Ela não conseguia manter o foco. Ela ficava mudando de idade ou algo assim, e de cor também, como se um filtro rotativo fosse colocado no olho da câmera. Sobre o piso de tábuas corridas estavam os tapetes de retalhos que ela ajudou Dona Candy a costurar no inverno em que Paul tinha saído para editar o primeiro filme que fizeram juntos. Foi naquela época que Dona Candy sugeriu que alguém da casa podia recorrer a um psiquiatra, uma curandeira, foi como ela brincou. Jewel fez um esforço depois disso para relatar com mais naturalidade que loucura existia em sua casa, pedindo conselhos. E Dona Candy se resignou e disse que não tinha nada para Jewel ganhar. E ela se ocupou em enfiar as agulhas e fixá-las na almofada para que a Dona Candy não precisasse atrasar seu trabalho. E Jewel resolveu sair de casa, pois a tensão estava arruinando sua vida e simplesmente não havia um bom motivo para continuarem se pilhando. Mas ela voltou e ficou. Parecia um desperdício ter passado aquele inverno com Dona Candy, estudando o roteiro para no fim jogar tudo fora. E foi um bom filme.

"Ainda me lembro das críticas", disse Dona Candy, encontrando os olhos dela, que tinha deixado de encarar os tapetes. "Cada crítico escreveu sobre você como se fosse a descoberta pessoal deles. Como se você não tivesse lá lutando esses anos todos. Humpf, como se a nata não chegasse mais no topo. 'Seu desempenho possuía momentos de poder diabólico', foi como um jornal publicou. E pensa só, Jewel, em algum lugar nesse momento algum roteirista tá sonhando com você para um novo papel. E em algum lugar tão selecionando o Oscar que..."

Jewel riu. Isso foi o máximo que ela viu Dona Candy falar de uma vez só. Ela parecia de algum modo mais jovem do que das últimas vezes em que a viu. Isso era bom. Ela precisaria de mãos firmes e seguras quando o bebê a abrisse. Jewel cavou um túnel sob a manta enquanto Dona Candy falava. Se eu conseguir localizar a — ela procurou por "geológica" e isso levou algum tempo — escala geológica, eu poderia ser capaz de chegar lá no fundo, patamar por patamar, camada por camada, descobrindo as camadas de segredos guardados em naftalina que não vão ficar dobrados, camadas e mais camadas até o fosso preto enervado para cavar riquezas com meus dedos e encontrar alguém lá que está vasculhando os baús e as cavernas e conhece todas as feridas terríveis que não vieram a furo e foram reveladas nos close-ups, arruinando-a, e ela perguntava, Existe loucura em mim, você tropeçou em algum sinal de...

A sobrevivente • 119

"Você parece corada", disse Dona Candy de repente, aproximando uma das mãos de sua testa. *Jewel sentiu a mão de Paul em sua coluna, ele lhe dizendo que, se ela conseguisse dizer aquilo com o corpo, eles poderiam cortar todas as falas, pois afinal ela estava tropeçando nelas. A mão dele em sua coluna para sentir a contração e ela forçando o sangue a correr ali para que fosse um bom ensaio pelo menos, não importa o que ela fizesse depois que ele se afastasse.* "É bastante natural tá com febre neste momento, mas não se preocupa, você tá em boas mãos", Dona Candy deu um tapinha. *Mas quando ele se afastou e pediu a contração novamente para ter certeza de que era visível à distância, ela sentiu uma pressão na coluna que não era voluntária. E então ele estava atrás do primeiro cinegrafista e ela a sentiu novamente na base das costas, como se algum tumor natural estivesse sendo primeiro sufocado e depois estrangulado. Amarrada e amordaçada, ela se debateu durante a cena e quando ele gritou terminou, contrariado, ela arrancou a roupa na hora, tentando explicar a tirania do tecido que tinha sido forçada a usar como se fosse culpa da costureira sua coluna paralisada e que as várias camadas de figurinos esplêndidos logo abaixo da pele estivessem sendo retalhadas. Lógico que ela ficou muito tempo nessa ladainha. E ele riu daquele jeito. A risada que todos riam, que significava que se não tomasse cuidado seria destruída. Então ele disse a ela que ela estava fora de ritmo, errática, péssima. E ela respondeu que o ritmo era dever do diretor e trabalho do editor. Foi isso que desencadeou a discussão no carro. E era por isso que ela estava no banco de trás (pensando nesse ritmo, nos últimos meses ela estava sendo impulsionada por um ritmo diferente do seu. Como se um parasita da malária estivesse sincronizando seu corpo com seus próprios ciclos reprodutivos. E ela foi burra o suficiente para pensar nisso com a boca aberta. E ele disse a ela que ele estava certo para começo de conversa. Ela deveria ter se livrado da criança logo no início. Isso a deixava mais louca do que ela já era e estava arruinando o trabalho dele). E foi por isso que ele não manteve os olhos na estrada.*

"Me fala uma coisa, Jewel", disse Dona Candy, empoleirando--se na beirada do sofá para ficar de perfil e não olhar para ela. "Por que você ficou com ele tanto tempo?"

Jewel apertou os olhos fechados e procurou espaço em sua cabeça para dispor as palavras de modo que pudesse escolhê--las com cuidado. Como explicar que ela poderia ser a matéria sobre a qual a energia misteriosa dele poderia se aplicar. As ondas de rádio não eram percebidas senão por um instrumento adequado para alcançá-las e transformá-las em algo sensível. Ela pegou "sensível" e decidiu que significava outra coisa e que pena. Ela procurou em seu cérebro novamente, como um instrumento para detectar, registrar, agarrar e refletir as energias que-aquele...

"Como eu falei pra Cathy... Você sabe que ela tava sempre puxando os cabelos por sua causa e do Paul, ela te adora, a tia Jewel, a estrela de cinema... Quando uma mulher vive com um homem dez anos ela não tá sendo abusada. Você entende o que tô falando, né?"

Jewel examinou o rosto pálido em perfil, mofado como uma primeira edição, a cabeça esguia levando a linha da maçã do rosto para cima, a firme trança em fileiras de escuridão gravadas no couro cabeludo e pouco visíveis nesta luz, o pescoço fino e inclinado, se erguendo sobre os ombros delicados que quase não existiam, um braço dobrado com a frágil taça agora vazia. Jewel descobriu que o outro braço estava sobre ela, a mão no monte se erguendo bem na frente de sua boca.

A sobrevivente • 121

Parecia que uma fornalha tinha caído sobre ela. E por que ela viera a este lugar quando o que ela queria era estar longe da gravidade e das marés e das palavras e das situações de emergência e não mais aberta a conselhos. "Como você tá se sentindo... com tudo isso? Você não deve se culpar. As pessoas sempre se culpam, lógico. É isso que significa ser sobrevivente. Mas... eu podia fazer qualquer coisa pra comer. Talvez você só devesse tomar um pouco de sopa agora." Ela deu um tapinha nas pernas enroladas sob a manta. "Tô tão feliz que você veio! Eu tava te esperando logo depois que... Meses antes. Ninguém sabia onde você teve por tanto tempo." Dona Candy se esticou ao máximo para beijar a neta, que mal dava para alcançar por cima da manta de lã.

Jewel seguiu Dona Candy pela sala. Sob certa luz ela parecia salame. Curvando-se na lareira com os pratos e os talheres, parecia uma anã enrugada. O brilho de seus brincos cintilava como um olho lateral. Jewel inspirou com força e tentou se entregar aos aromas. Algo derramava na panela. Ela não iria comer a sopa. Seria bastante simples deixá-la de lado. Houve um tilintar de metal. Ela esperou para ouvir a mulher colocar o moedor em movimento. Mas, em vez disso, ouviu um som de buzina de carro e não muito longe. Depois bolhas de luz cruzando as cortinas da frente. Dona Candy foi até a janela e Jewel pensou ter detectado um sorriso sinistro.

"É a Cathy", disse ela se virando. E era Dona Candy de novo, M'Dear, Segunda Mãe, como jovens sobrinhas e sobrinhos a chamavam, mais ninguém. Jewel tentou se levantar. Era preciso se levantar para lidar com Cathy. Ela não tinha certeza se estava preparada para isso. As roupas extravagantes, o rosto selado no pó de arroz, as joias no pescoço. Tinha que ser espancada, machucada e tomar uns gritos se você quisesse alcançá-la. Jewel sempre se sentia compelida a agarrá-la pelas

122 • Toni Cade Bambara

orelhas e gritar com força nelas, na boca, no nariz, para chegar até a pessoa enterrada embaixo de todas as folhas metálicas e tecido e cimento gorduroso que vagamente deixavam transparecer as feições, mas não pareciam afetar a expressão vocal. Ela tinha visto Cathy pela última vez, sem contar o funeral, que foi um aviso repentino de cinco minutos, e ela não viu ninguém lá, exceto Paul, que parecia mais velho e com o cabelo muito mais grisalho do que ela se lembrava na vida real, e ela ficou lá brincando sobre Dorian Gray até que percebeu que estava falando em voz alta e então o ataque e o mergulho debaixo das flores para se proteger, mas sufocando, uma semana antes do acidente que ela a viu. O aniversário deles, na verdade, que Cathy encenou como uma surpresa. E que foi.

Tinham fantasmas na cozinha. Ela percebeu que alguma visita noturna revelaria seu propósito se pudesse esperar. Um monte de pano de prato estava perto da porta e ela enxugou os pés automaticamente e arrastou o açúcar, arenoso ao lado da pia, passando pela mesa bagunçada com copos manchados. Pedaços disso e daquilo estavam no fogão seboso. Sua cabeça coçava, coçando-a produziu manchas de tinta gordurosa sob as unhas que ela sacudiu e enxugou no roupão. De repente foram bombeadas para a boca as escolhas ruins da noite passada e ela correu para a pia e bateu com muita força e se assustou, olhando para um cotovelo ou joelho, cutucando seu umbigo. Ela não conseguia chegar perto o suficiente da pia ou a tempo.

"Porra, querida", disse ele, indo para a cozinha, se referindo à cozinha. "Ah, merda", disse ele, se referindo ao cheiro. "Isso tá cada vez pior. Outras mulheres não têm enjoos matinais vinte e quatro horas por dia, todos os dias do ano. Ah, não." Quando ela se virou para encará-lo, o vômito se espalhou na frente do roupão. Ele saiu da cozinha, gritando do banheiro que ia ficar

num hotel por algumas noites porque seus nervos estavam à flor da pele. E ela se viu apoiada na faca de pão, perguntando ao árbitro abaixo de seus seios inchados se ela poderia dar o passo gigante.

Cathy chegou ao final da tarde e a encontrou de roupão, debruçada no parapeito da janela.

"Olha, meu bem, você tem que organizar a parada um pouquinho melhor. Sua porta tava escancarada. A casa tá uma bagunça. Você tá um horror. O bebê não tá gordo que nem seus peitos e seu queixo. E você tá fazendo o Paul passar por um monte de merda desnecessária. Ele acabou de me ligar do Hotel Albert para vir aqui e colocar as coisas em ordem e eu com certeza..."

"Por favor pare de falar."

"Quer que eu diga o quê?"

"Só cala a boca."

"Olha", chegando mais perto e fazendo sinal para que ela saísse do roupão enquanto tirava o casaco e jogava a bolsa no sofá. "Eu vou ficar feliz de lavar a roupa e limpar a casa e lavar seu cabelo e dar um jeito nessa atrocidade que você tá usando, mas eu não vou calar a boca. E eu vou te dizer por quê." Ela ficou ao lado de Jewel e pegou o roupão pela nuca e o segurou pendurado. "O que você precisa é de um choque de realidade. O que você tem é uma cabeça dura e uma sobrinha que te ama. Eu te apoiei quando você decidiu ter este bebê, porque você precisava de uma coisa sua pra amar, não foi? Então tenho o direito de falar um pouco. E o que quero dizer é o seguinte. Você tem que sair daqui. Pode ficar comigo até depois do bebê crescer um pouco e decidir o que fazer. Isso tá matando vocês dois, seja o que for. E é besta, porque vocês são dois bacanas. Ok, sou exagerada, admito. Sempre pensei que o melhor jeito de resolver problemas é abandonar tudo. Tá entendendo o que quero dizer? Tipo uma história que me marcou quando eu era pequena..."

"Por favor cala a boca."

"Alguém faz um bule de café ou talvez um ensopado, não importa. E colocam sal em vez de açúcar. E não sabem o que fazer. Então..."

"Você não coloca açúcar..."

"Aí uma pessoa inteligente sugere que despejem umas cascas de ovo pra absorver o sal. Mas daí as cascas de ovo ficam com uma cor estranha. Não parecem comestíveis. Aí algum outro Einstein decide que um pouco de querosene vai colorir..." Jewel se encostou na janela. Ela podia ver a calçada lá embaixo ainda molhada da chuva. Cathy andava pela sala despejando o conteúdo de cinzeiros num saco de papel, afofando travesseiros e falando falando falando.

"Aí eles acabaram com essa asneira terrível de cascas de ovo e rodas de carro e correntes de bicicleta e coisa e tal e começaram a arrancar os cabelos pra saber como transformar aquilo num bom ensopado ou café ou o sei lá, esqueci. E aí alguém com meio cérebro fala que deviam chamar a senhora da Filadélfia. Ou a senhora do Mali em algumas versões, depende de onde é a gente que está imprimindo o livro. E a senhora passeia com seu guarda-chuva e sapatos da Cruz Vermelha e despeja a merda na porta dos fundos e coloca uma panela de água fresca pra ferver."

"E você é a senhora da Filadélfia?"

"Eu tô aqui pra te dizer que você tá enlouquecendo e tem que sair daqui." Cathy tinha entrado na cozinha agora e estava mexendo nas panelas do fogão. Jewel meio que esperava que um bule de café com rodas de neve fosse preparado. Tinha que admitir que estava se sentindo melhor. Ela iria se levantar e

A sobrevivente • 125

ajudar. "E outra coisa", disse Cathy voltando com um pano de prato. "Ei, você tá estranha, Jewel." Jewel sentiu algo explodindo, quente, ácido e borbulhante. Ela se afastou da janela e tentou se levantar e tropeçou no chinelo, arrancando o pano de prato das mãos de Cathy.

Em questão de minutos, o candelabro escorregou pela laje, derrubando as garrafas de água tônica como pinos de boliche. Teddy tem uma tendência para morrer em parapeitos como você sabe, Cathy, então nós o matamos muitas vezes, às vezes o atropelando e o jogando sobre o parapeito lá de cima, às vezes o acertando na cabeça com o machado de guerra do homem de ferro parado no patamar, depois o empurrando sobre o parapeito perto do piano. Às vezes, o içávamos até o lustre para que pudesse catapultar sobre os trilhos. O urso, no entanto, foi um pouco desonesto no início. Um dos jovens, ou talvez apenas um anão contratado antes e agora sem nenhum trabalho desse tipo, pisoteou os dois olhos. E os dentes estavam amarelos e precisavam de retoques, além das partes calvas. Mas o maquiador disse que ele era um especialista em fazer topetes. Ah sim, tinha um ovo presente. Um grande ovo. Não estava no roteiro. De fato, nada disso estava no roteiro que me deram. Eles fazem isso às vezes para mostrar desprezo. Então você não consegue acompanhar. Eu não pestanejei. Então, o ovo, como eu estava dizendo. Tão grande que os cinegrafistas tiveram que dividi-lo em mil milhões...

"Cathy tá aqui", anunciou Dona Candy, indo para a porta.

Jewel finalmente se levantou e só teve tempo de afofar o cabelo onde os travesseiros tinham amassado quando Cathy apareceu atrás de hectares e hectares daquelas flores. Jewel ouviu alguém gritar e viu Dona Candy correr na direção dela enquanto ela corria para fora.

Áreas de mar aberto persistiam além das estacas, aço-cinza e azul, pedaços se quebrando para flutuar no gelo, resistindo ao congelamento. Pingentes de gelo pendurados na parte inferior do cais, uma saia fantasmagórica pingando no gelo abaixo, marcando a superfície. Jewel desamarrou o veleiro, o nó-de-bigode cedendo em estalos. Empurrando, de costas para o oceano, ela podia ver a família na casa ao lado de Bad William fazendo uma fogueira no quintal, queimando cabos de enxadas velhas e cestas de iscas do verão passado. "O inverno tá chegando pra valer", ela cantou, e puxou a corda de arranque do motor. Uma pilha carbonizada e fuliginosa estava explodindo, saindo do veleiro e passando pelo cais, deixando marcas cinza na superfície congelada. Desse ângulo, ela pensou, eu poderia pular pedras até a janela da Dona Candy. Ela se virou para encontrar a água na frente, onde estava aberta e a força da água quebrou as compotas de gelo, deixando gaivotas mortas se lançando e balançando em seus leitos gelados.

Ela jogou a perna para o lado e não se surpreendeu ao descobrir que a água não estava fria, quente na verdade, como o fim do verão. Ela levantou as duas câmeras e as estabilizou no assento ao lado dela. Estava fora do velho moinho agora, apenas ouvia fracamente a música estranha nas vigas, e mal via alguma coisa pelosa ou outra endurecida nas prateleiras que as lâminas de neve fizeram. Ela olhou ao redor novamente e pegou uma das câmeras. As dunas eram castelos de neve. Ela filmou.

"Eu queria te ouvir, Cathy. Você sempre me deu bons conselhos, M'Dear. Mas eu sou o urso polar de uma outra mãe, e nós simplesmente não nadamos em piscinas semelhantes." Ela filmou o assento do barco, o lugar que tinha abandonado quando se levantou.

Firme e lentamente, ela conectou o acessório de tempo na outra câmera, se inclinando e o erguendo com o estojo da câmera. Então, devagar para retirar de novo, se inclinou outra vez para se soltar para o lado. Contando a piscada final enquanto a câmera zunia, depois libera na água, os últimos três dedos hesitam e depois somem. A água está morna. Quente, na verdade. Mas ela não contava com a dor. A dor que afundou sob sua língua e puxou a raiz de seus dentes, seus cabelos, sua vagina. Distendeu as articulações de suas coxas e contraiu seu ânus para dentro. Ela se movia para todos os lados e ao mesmo tempo. Haveria tubarões. Mas ela não conseguia juntar o suficiente para ir numa direção e evitá-los. Haveria pedras. Coisas inomináveis no fundo para rasgá-la e fazê-la sangrar. E nunca haverá sangue o bastante para torná-la limpa.

"Não empurra mais, querida, só respira, só respira."

"Ofega, Jewel. Ofega, ofega, ofega, caramba." Dona Candy deu uma pancada forte no joelho. "Eu falei pra ofegar agora. Fala rápido. Qualquer coisa. Ofega."

"Senhoreu numsodigna senhoreu numsodigna senhoreu numsodigna."

"Ela tava tendo contrações, tava, Dona Candy?"

"Ela nunca disse nada. Tava anestesiada, acho. Só senti umas pancadas leves e puxões."

"Droga, cheguei bem na hora."

"Nenhuma de nós chegou na hora", disse Dona Cathy.

Jewel não deixou transparecer que estava acordada e espiando. Ela viu a anã ancestral puxar a criatura brilhante com algas marinhas para fora de sua coxa esquerda. Ela as viu sorrir para a coisa e depois para ela. O sorriso que significava que, se não planejasse cuidadosamente, seria destruída. Era melhor representar a cena com algumas falas e aguardar a hora certa. A anã agora tinha se metamorfoseado em salame, mas ela não estava enganando ninguém. Um salame pode ser fatiado. E ela veio para a casa certa para lâminas afiadas para o trabalho. Quanto ao monstro metálico na cobertura de lama, sempre havia dinamite. Ela teria que esvaziar a cabeça para conseguir algum espaço para algo condizente com o ouriço do mar que agora uiva por seu sangue.

Querida cidade

É difícil acreditar que teve só uma primavera e um verão naquele ano, meus quinze anos. É difícil acreditar que esbanjei minha juventude tão rapidamente no doce parquinho da cidade ensolarada, aquela selva de trepa-trepas e gangorras da minha adolescência na quarta série. No entanto, foi assim.

"Querida mãe" — escrevi um dia no espelho do banheiro dela com uma lasca de vela — "por favor, perdoe minha ausência e decadência e ignore a sardenta dignidade e as esburacadas cicatrizes de integridade que me atormentam nessa época."

Eu era ainda mais ousada às vezes e escrevia pra ela loucos recados enigmáticos na pia da cozinha com fósforos carbonizados. Qualquer coisa por um tempinho, tão raramente a gente se via. Eu até escrevia às vezes pra ela um bilhete no papel. E aí um dia, traquinando minha alma através do espectro de cores ensolaradas, corri pro apartamento dela pra fugir do calor e encontrei uma carta dela que pra sempre extasiou meu coração a ponto de explodir e a fez incessantemente querida pra mim. Escrita na cozinha na mesa com cobertura de bolo estava a mensagem: "Minha querida, louca e perversa garotinha, gentilmente tome cuidado e pinte a saída de incêndio quando tiver uma folguinha...". Todos os pingos dos is estavam pontilhados com geleia, os tês foram cruzados com casca de laranja. Ali estava uma visão pra carregar pra sempre nas pupilas em algum lugar. Eu uivei por pelo menos cinco minutos de pura loucura e jurei amá-la completamente. Folguinha. Como se os braços nus da primavera abrissem mão de seu convite para perpetuar a raça. E como se a gente tivesse uma saída de incêndio. "Tãdãm!", gritei, sem dar a mínima pra inteligibilidade e decidi que se algum dia fosse fugir de casa, ia levá-la comigo. E com isso em mente e com Penelope se estilhaçando pela paisagem e os poros secretando champanhe animal, entreguei minha juventude ao ritmo da estação e comecei a pirar.

Existe certo distúrbio glandular que concede a todas as pessoas bonitas, selvagens e fabulosas uma clarividência, que rompe a barreira das roupas, prepara os nervos pra matança e tortura os sentidos até a explosão. Tem alguma coisa a ver com a inter-relação cósmica entre a sintonia celular de certos órgãos designados e a correlação fermental com os deslocamentos do eixo do globo. Minha mãe chama isso de sexo e meu irmão de hora do rala-e-rola. Os dois concisos, como sempre. De qualquer jeito, foi o que aconteceu. E nessa corrida da primavera, as glândulas sempre ganham e as musas e o núcleo do cérebro devem dar um passo pro lado pra andar no porta-malas com o estepe. Foi durante essa piração doce, essa época drogada que conheci B.J., vestindo sua beleza como uma peça de roupa, pra dar um efeito, e vestindo seu amigo Eddie como uma espinha típica da adolescência. Foi na praia que nos conhecemos, eu toda maravilhosa com um macacão curto, e eles barbudos. Não importa as neves do passado, disse pra mim mesma, prefiro mil vezes aguentar areia e sol.

"Escuta, Kit", disse B.J. para mim uma noite, depois da gente experimentar tais encontros-nós com o mundo fenomenal em fuga, como dois canudos num mocha, dois-pequenos-transgressores intimados, duas ou mais cenas de assobio e outras tais experiências-nós. "O que a gente tem que fazer é pegar carona até o litoral e fazer cinema."

"É", disse Ed. "E logo."

"Com certeza, meu bem", disse e pulei numa estranha lata de lixo. "Fomos feitos pro celuloide, lindamente esculpidos, pra não dizer bem-polidos." Corri pra cima e pra baixo numa escada qualquer, assobiando "Columbia, the Gem of the Ocean" pelo nariz. E Eddie fez sons de sirene e andou numa cerca. B.J. arrancou uma placa de trânsito do estacionamento e se estendeu paralelamente ao chão. Aplaudi, não só a ginástica, mas também a oferta. Gostávamos de fazer aberturas ousadas e sem direção, tipo aqueles adolescentes malucos que tão sempre correndo nos pôsteres ou nos filmes da MGM.

"A gente pode comprar um saco de dormir", disse B. J., e desafiou um gato da loja pra um duelo.

"A gente pode comprar um saco de dormir", repetiu Eddie, que nunca teve nenhuma contribuição genuína pra dar nas declarações.

"Três num saco", falei enquanto B. J. me segurava pelo cinto e saíamos voando por uma rua lateral. "Cof-cof.". E tossi, me empoleirando num hidrante. "Só um saco?"

"Lógico", disse B. J.

"Lógico", disse Ed. "E cof-cof."

Ficamos assim durante todo o verão, ainda mais pirados. Todos os nossos amigos nos abandonaram, não conseguiam acompanhar o ritmo. Minha mãe ameaçou me deserdar. E uma antiga colega de quarto do acampamento chegou a me confrontar com um jato de mangueira uma tarde, num ataque

Querida cidade • 133

de terapia à la Florence Nightingale. Mas de mãos dadas, eu e Pã, e Eddie também, voamos pelo caleidoscópio de cimento fazendo nossos próprios padrões malucos, cantando nossa própria música. E aí, numa noite, uma coisa louca aconteceu. Sonhei que B. J. corria pela rua uivando, arrancando os cabelos e fazendo amor com as latas de lixo do bulevar. Eu estava lá rindo loucamente e Eddie estava virando uma garrafa de cerveja com uma pessoa sem rosto que eu nem conhecia. Acordei e gritei sem motivo e minha colega de quarto, que morava com a gente, jogou um biscoito Saltine em mim como um jeito de dizer silêncio, paz, consideração e medeixadormir. E ainda por cima outra coisa maluca aconteceu. Cascalhos estavam voando pela minha janela aberta. A coisa toda me pareceu engraçada. Não era uma janela com batente e não tinha jardim lá embaixo. Eu naturalmente ri até não poder mais e minha colega de quarto ficou muito brava e me xingou ferozmente. Expliquei pra ela que os cascalhos estavam entrando, mas imaginação não era o forte dela e ela se transformou em fuidormir. Olhei pela janela pra ver com quem iria compartilhar minha cena do balcão, e lá embaixo, em pé na caixa de leite, estava B. J. Desci e me juntei a ele na varanda.

"E aí?", perguntei, pronta pra tomar o mundo de assalto com meu descombinado baby-doll. B.J. fez sinal pra eu entrar no saguão e pude ver pela expressão transtornada, que mais parecia uma máscara, que ia rolar uma discussão séria.

"Escuta, Kit", disse ele, olhando pros dois lados com vigilância desnecessária. "Tamo indo, essa noite, agora. Eu e o Eddie. Ele roubou um dinheiro da avó, então tamo caindo fora."

"Onde você tá indo?", perguntei. Ele se aborreceu. E aí eu vi o Eddie correr pela varanda e entrar nas sombras. B. J. se encolheu e fez algum tipo de som desesperado com a voz, tipo um grito abafado.

"Foi ótimo. O verão e você... Mas..."

"Olha aqui", falei com raiva. "Não sei por que é que você quer ficar por aí com esse zé ninguém." Eu estava com muita raiva, mas senti muito também. Não era o que queria dizer. Queria ter dito: "Apolo, somos as únicas pessoas bonitas no mundo. E como nossos genes são tão fabulosos, nosso filho vai irromper através da pele humana em significância cósmica". Eu queria dizer: "Lembre que sou maravilhosa, reluzente, talentosa, linda e tô indo pra faculdade com quinze anos. Tenho os mais interessantes complexos de todos os tempos e, apesar de Freud e Darwin, fiz uma adaptação saudável como uma minhoca". Mas não falei isso pra ele. Em vez disso, revelei aquele mesquinho, pequeno e vil lado meu dizendo: "O Eddie é um merda".

B.J. coçou a cabeça, girou o pé num arco, resmungou e se mandou. "Talvez no próximo verão...", começou a dizer, mas sua voz falhou e ele e Eddie saíram correndo pela rua escura, de braços dados. Eu fiquei lá com minhas coxas nuas e minha alma destroçada. Talvez a gente se encontre no próximo verão, disse pras caixas de correio. Ou talvez eu saia da escola e vá vagabundear pelo país. E em cada cidade vou perguntar por eles enquanto o zelador do hotel alimenta a empoeirada e cansada viajante que serei. "Você viu dois caras, um maravilhoso, outro espinhento? Se sim, diga que a Kit tá procurando por eles." E enfaixo os rasgos feitos pelos cactos nos pés e mochila nas costas e dou o fora. E na próxima cidade, depois de suportar tempestades de areia, tornados, terremotos e coiotes, vou parar num botequim e investigar. "Sim, eles viajam juntos", eu diria numa voz em algum lugar entre W. C. Fields e Gladys Cooper. "Ótimos parceiros. Inseparáveis. Diga a eles que a Kit ainda é uma ótima guria."

E lendas vão surgir sobre mim e minha busca. Maravilhosos e longos blues de doze compassos com oitenta e nove estrofes. E um menestrel passeando vai surgir na loja de ração onde B.J. estará e ele vai ouvir e empurrar a filha do fazendeiro do seu colo e montar no cavalo pra me encontrar. Ou talvez vamos nos encontrar é nunca, ou sim mas não vou reconhecer ele porque será um sapo encantado ou um carecão gordo e eu serei Deus sabe o quê. Não importa. Outros dias além do aqui e agora, falei pra mim mesma, serão secos e saudáveis e pegajosos com damascos podres escorrendo lentamente pela doce época de minha juventude traída.

O desalento num é um pássaro mangão

A poça tava congelada e eu e a Cathy pisamo nela. Os gêmeos da porta do lado, Tyrone e Terry, tavam balançano tão alto, fora de vista, que até esquecemo que tava esperano nossa vez de dá uma volta no pneu. A Cathy deu um pulo, caíno com força nos pés e começou a sapatear. E a mancha congelada foi estilhaçano pra todo lado, meio assustadora.

"Parece uma teia de aranha de plástico", disse ela. "Um tipo de aranha esquisita, eu acho, com muitos problemas mentais." Mas ó parece o peso de papel de cristal que a vó tinha na sala. Ela tava na varanda dos fundos, a vó tava, preparano os bolos. A concha velha pingano rum nas latinhas de Natal, que nem quando pingava o xarope de bordo nos baldes quando nós morava na floresta dos Judson, que nem quando despejava cidra nos barris quando nós tava nos Cooper, que nem quando mexia a colher no leite de manteiga e no queijo macio quando nós morava na leiteria.

"Fala pra ele que não somos um bando de árvores."

"Sinhora?"

"Tô dizeno pra falar praquele homem pra sair daqui cum essa câmera." Eu e a Cathy olhamo no rumo do pasto onde os homem com a perua passaro a manhã inteira. O homem alto com uma câmera grandona amarrada no ombro veio zumbino na nossa direção.

"Eles tão fazeno filme de cinema", gritou o Tyrone, endureceno as perna e girano o pneu pra abaixar devagar pra eles poder ver.

"Eles tão fazendo filme de cinema", cantou o Terry.

"Aquele menino nunca fala nada original", disse a Cathy, toda adulta.

Na hora que o homem da câmera cortou caminho pelo quintal do nosso vizinho, os gêmeos já tavam balançano baixo pra fora das árvores e a vó tava no degrau, a porta de tela bateno mole e rangeno nas palmas dela.

"Pensamos em pegar um ou dois takes da casa e tal e depois..."

"Dia", disse a vó, cortando ele. E sorriu daquele jeito.

"Bom dia", respondeu de cabeça baixa que nem o Bingo faz quando cê grita com ele por causa dos ossos no chão da cozinha. "Belo lugar você tem aqui, tia. Pensamos em fazer uma..."

"Que que cê falou?", perguntou a vó mexendo as sobrancelhas. A Cathy puxou as meias e deu uma risadinha.

"Coisas boas aqui", disse o homem, zumbino a câmera no quintal. Os barris de nozes, o trenó, eu e a Cathy, as flores, as pedras pintadas na calçada toda, as árvores, os gêmeos, o galpão das ferramentas.

"Não sei das coisas, dos trecos e das tralhas", a vó disse, ainda mexeno as sobrancelhas. "É as pessoas que eu costumo ver aqui."

O homem da câmera parou de zunir. A Cathy riu, cobrindo a boca com a gola.

138 • Toni Cade Bambara

"Bom dia, senhoras", disse um novo homem. Ele veio detrás de nós quando nós não tava olhano. "E senhores", descobrino que os gêmeos olhavam pra eles de cara feia. "Estamos filmando para o condado", disse ele cum sorriso. "Se importam se a gente filmar um pouco por aqui?"

"Importamo sim", respondeu a vó sem sorrir. O homem do sorrisão tava sorrino de orelha a orelha. A Cathy tamém. Mas parecia que ele num tinha nem mais uma palavra pra dizer, então ele e o homem da câmera saíro pra fora do quintal, mas dava pra ouvir a câmera zumbino ainda. "Melhor desligar essa máquina", disse a vó bem baixinho pelos dente, e deu um passo pra fora da varanda e depois mais um.

"Ora, tia", disse o câmera, apontano a coisa bem na cara dela.

"Eu num sou parente da sua mãe, não."

O homem do sorrisão pegou um caderno e um lápis mordido.

"Escuta", disse ele, voltano pro nosso quintal, "a gente queria uma declaração sua... para o filme. A gente tá filmando para o condado, sabe. Faz parte da campanha do vale-refeição. Você sabe sobre o vale-refeição?"

Vó disse nada.

"Talvez tenha algo que você queira dizer para o filme. Estou vendo que você cultiva seus próprios vegetais", falou e sorriu todo simpático. "Se mais gente fizesse isso, sabe, não teria necessidade..."

Vó não tava falano nada. Então eles saíro, zumbino o nosso varal e as bicicletas dos gêmeos, depois voltaro pro pasto. Os gêmeos tavam pendurado no pneu, olhano pra vó. Eu e a Cathy tamém tava esperano, porque a vó sempre tinha uma coisa pra falar. Ela ensina sem parar, sem descanso.

"Eu tava numa ponte uma vez", disse, começano. "Era uma multidão por causa desse homem que ia pular, sabe. E tinha um pastor lá, a polícia e outras pessoas. A mulher dele tamém tava lá."

O pesar num é um pássaro mangão • 139

"Que que eles tava fazeno?", perguntou o Tyrone.

"Tentano convencer ele, era o que tavam fazeno. O pastor falano que era um pecado mortal, o suicídio. A mulher dele dano mordidas na própria mão e nem percebeno isso, tão nervosa e chorano e falano rápido."

"E aí o que que aconteceu?", perguntou o Tyrone.

"Então aí veio... essa pessoa... com uma câmera, tirano fotos do homem, do pastor e da mulher. Tirano fotos do homem na sua desgraça quase pulano, por causa da vida tão ruim e das pessoas tão ruim provocano ele. Essa pessoa gastano o rolo inteiro de foto praticamente. Mas guardando um pouquinho, é lógico."

"Lógico", disse a Cathy, odiano a pessoa. Fiquei ali me perguntando como que a Cathy sabia que era "lógico" quando nem eu sabia e era a *minha* avó.

Depois de um pouco, o Tyrone perguntou:

"Ele pulou?"

"É, ele pulou?", perguntou o Terry ansioso.

E a vó só olhou pros gêmeos até a cara deles engolir a ansiedade e eles nem ligar mais pro homem pulano. Aí ela volta pra varanda e deixa a porta de tela fechar sozinha. Tô esperano a Cathy terminar a história porque ela entende todas histórias da vó antes de mim até. Que nem se ela entende por que que nós mudamo tanto e olha que a Cathy num passa duma prima de terceiro grau que pegamo no caminho na última visita da ação de graças. Mas ela sabia que era por causa das pessoa deixano a vó doida até que ela levantava no meio da noite e começava a fazer as mala. Resmungano e empacotano e acordano todo mundo dizeno: "Vamo embora daqui antes que eu mato um". Que nem se as pessoa não pagam pelas coisas do jeito que falaro que iam fazer. Ou o sr. Judson trazeno caixas de roupa velha e revista surrada pra nós. Ou a sra. Cooper entrano na nossa cozinha e botano a mão em tudo e falano como tudo tava limpo. A vó ficano doida e o vovô Cain puxano ela de cima do povo, dizeno: "Sossega, sossega, Cora". Só que um dia depois carregano o caminhão, com sete pedras na mão, mais irritado que a vó já tava.

"Eu li uma história uma vez", disse a Cathy toda professora que nem a vó. "Dessa mocinha Cachinhos Dourados que invadiu uma casa que nem era dela. E nem foi convidada, sabe. Mexeu com as compras do povo e quebrou os móveis. Teve a coragem de dormir na cama do povo."

"E aí o que que aconteceu?", perguntou o Tyrone. "Que que eles fizero, o povo, quando chegaro no meio dessa bagunça?"

"Eles fizero ela pagar pelas coisas?", perguntou o Terry, fazeno um soco com a mão. "Eu ia fazer ela me pagar."

Eu nem perguntei. Podia até ver que a atriz Cathy provavelmente ia embora e deixar a gente com o mistério dessa história que ouvi que era de uns urso.

"Eles expulsaram ela?", perguntou o Tyrone, que nem o pai dele fala quando tá seno supergrosso com o homem da máquina de lavar.

"Eu ia", disse o Terry. "Eu ia descer murro na cabeça dela e..."

"Cê ia fazer o que cê sempre faz, chorar com a mamãe, seu bebezão", comentou o Tyrone. Aí lógico que o Terry começou a bater no Tyrone, e quando demo conta eles caíro do pneu e rolaro no chão. Mas a vó não falou nada, nem mandou os gêmeo pra casa, nem saiu na escada pra falar que não podemo se dar ao luxo de brigar entre nós. Ela não falou nada. Aí eu vou no pneu pra balançar na minha vez. E dava pra ver ela encostada na mesa da despensa, olhando pros bolos que tava preparano pra venda de Natal, resmungano bem baixinho e mal-humorada e segurano a testa que nem se fosse cair e desmanchar os bolos de rum.

O pesar num é um pássaro mangão • 141

Atrás de mim eu ouço antes de ver o vovô Cain vino pela floresta com as botinas de campo dele. Aí viro pra ver o casacão preto brilhante cortano o pouco que restou dos amarelos, vermelhos e laranjas. A cabeça grande e branca dele não muito redonda por causa daquela coisa sangrenta no alto do ombro, que nem se ele tivesse usano um boné de lado. Ele pega o atalho pelo pomar de nozes e o som dos galhos quebrano em cima e debaixo dos pés viaja claro e frio todo o caminho até a gente. E lá vem o Sorrisão e o Câmera atrás dele que nem se fossem fazer alguma coisa. As pessoas gostam de agredir ele às vezes. A Cathy falou que é porque ele é tão alto e quieto e que nem um rei. E as pessoas simplesmente não suportam. Mas o Sorrisão e o Câmera não batem na cabeça dele nem nada. Eles só ficam zumbino em cima dele quando ele passa com o falcão pendurado no ombro, grasnano, pingano vermelho nas costas do casacão. Ele passa pela varanda e para um segundo pra vó ver que ele finalmente pegou o falcão, mas ela tá só olhano e resmungano, e não é pro falcão não. Então ele prega o pássaro na porta do galpão de ferramenta, o martelo estalano nos tímpanos. E o pássaro se debateu até morrer e escorregou pela porta pra pintar o cascalho da garagem de vermelho, depois marrom, depois preto. E os dois homens se mexeno na ponta dos pés que nem se fossem invisível ou se nós fosse cego.

"Tira essas pessoas do meu canteiro de flores, Senhor Cain", disse a vó se queixano bem baixo que nem num funeral.

"Por que é que sua vó chama o marido de 'Senhor Cain' o tempo todo?", sussurrou o Tyrone bem alto e barulhento todo homem de cidade grande e sem modos. Que nem a mãe dele, Dona Mirtle, fala pra nós que não importa a formalidade como se nós não tivesse educação para chamar ela de Mirtle, sem o dona. E aí essa coisa horrível — um falcão gigante — veio uivano em cima do pasto, voano baixo e inclinado e gritano, ziguezagueano pelo pomar de nozes, quebrano galhos e berrano, estalano pelo varal, voano pra todo lado, voano nas coisas que nem doido.

"Ele veio atrás da companheira dele", disse a Cathy rápido, e abaixou. Todos nós caímo rápido na garagem de cascalho, as pedra raspano meu rosto. Fecho o olho e abro de novo pro falcão na porta, tentano voar pra fora da morte dele que nem se fosse só um saco voado por engano. Mas o corpo tá garrado ali naquele prego. O companheiro se debateno no ar em cima dela e agarrano cabelos, cabeças, espaço de pousar. O Câmera abaixano e curvano e correno e caíno, balançano a câmera e assustado. E o Sorrisão pulano pra cima e pra baixo, bateno no pássaro enorme, tentano derrubar o falcão só com o chapéu velho e esfarrapado dele. O vovô Cain todo reto e quieto, observano as volta do falcão, depois mirano bem o martelo com o pulso. O pássaro gigante caíno, silencioso e devagar. Aí lá vem o Câmera e o Sorrisão, todo grandão e mau, agora que aquela coisa horrível gritona tá toda quebrada no chão, lá vêm eles. E o vovô Cain olha pra eles que nem se fosse a primeira vez que visse, mas nem presta muita atenção neles porque ele tá ouvino, nós tudo tamo ouvino, aquela música baixinha que vem da varanda. E pensamo que a qualquer minuto, uma coisa nas minhas costas me diz agora que a qualquer minuto, a vó vai estourar aquela tela com alguma coisa na mão e matança na cabeça. Aí o vovô diz por cima do zumbido, só que baixo: "Até mais, senhores". Bem desse jeito. Que nem se tivesse convidano eles pra jogar cartas e eles tivesse ficado muito tempo e os sanduíche acabaro e o reverendo Webb apareceu e é hora de ir embora.

Eles não sabiam o que fazer. Mas, que nem a Cathy falou, as pessoas não suportam o vovô alto, quieto e que nem um rei. Eles também não. O sorriso que os homens dão é puxar a

O pesar num é um pássaro mangão • 143

boca pra trás e mostrar os dentes. Pareceno o lobisomem, os dois. Aí o vovô estende a mão — aquela mão enorme onde eu sentava quando era bebezinha e ele me carregava pela casa pra minha mãe que nem se eu fosse um presente numa bandeja. Que nem ele fazia nos trens. Chamavam os outros homens só de garçom. Mas falaro do vovô destacado e dissero: O Garçom. E falaro que ele tinha motores nos pés e motores nas mãos e nenhum trem podia jogar ele pra fora e ninguém podia virar a cabeça dele. Elas, as mãos dele, tamém eram grandonas o bastante pra motores. Ele ficou estendeno aquela mão e aí ela começou a não ser mais uma mão, mas uma pessoa.

"Ele quer que você entregue a câmera pra ele", sussurrou o Sorrisão pro Câmera, inclinano a cabeça pra falar em segredo que nem se eles tivesse na selva ou qualquer coisa assim e encontra cum nativo que não fala a língua. Os homens começaro a desamarrar as alças e colocaro a câmera naquela mão grande salpicada com sangue do falcão todo preto e rachado agora. E a mão nem cai com o peso, só os dedos se mexe, se enrolano em volta da máquina. Mas o vovô tá encarano os homens. Eles olham um pro outro e pra todo canto, menos pro rosto do vovô.

"Olha, a gente filma para o condado", disse o Sorrisão. "A gente tá montando um filme para o programa de vale-refeição... Filmando por toda parte. Ahh, filmando para o condado."

"Posso pegar minha câmera de volta?", disse o homem alto sem máquina no ombro, mas com ele ainda bem erguido que nem se a câmera ainda tivesse lá ou precisasse tá. "Por favor, senhor."

Aí a outra mão do vovô voa que nem um pássaro gentil e que surgiu de repente, cai com tudo bem rápido em cima da câmera e meio que levanta que nem se fosse um corte numa cabaça pra partir ela.

144 • Toni Cade Bambara

"Ei!" O Câmera pula pra frente. Ele junta as partes no peito e tudo se desenrola e cai por toda parte. "O que você tá tentando fazer? Você vai estragar o filme." Ele olha pra baixo no seu peito cheio de carretel de metal e coisas que nem se ele tivesse protegeno um gatinho do frio. "Cês tão em cima do canteiro de flores da senhora", disse o vovô. "Esse é o nosso lugar."

Os dois homens olham pra ele, depois um pro outro, depois de volta pra bagunça no peito do homem da câmera e vão embora. Um deles diz sem parar durante todo o caminho até o pasto: "Cuidado, Bruno. Não mete os dedos no filme". Depois o vovô pega o martelo e enfia no bolso do casacão, raspa as butina e entra em casa. E dá pra ouvir o barulho das butinas dele voano pela casa. E dá pra ver a sombra esquisita que ele lança da janela da sala no chão, perto do canteiro de vagem. O martelo fica pendurado pra fora no bolso de um jeito que o vovô fica ainda mais largo. A vó tava cantarolano agora — alto, não baixo e resmungano. E tava fazeno os bolos de novo, dava pra sentir o cheiro do melaço do rum.

"Tem uma história que vou escrever um dia", diz a sonhadora Cathy. "Sobre o uso adequado do martelo."

"E eu vou tá na história?", pergunta o Tyrone com a mão pra cima que nem se fosse uma questão de ordem de chegada.

"Vamo ver", diz a Cathy, subindo no pneu pra animar. "Se tiver preparado."

O pesar num é um pássaro mangão • 145

O porão

Quando a Mãe Patsy me disse pra fazer uma coisa, eu fiz. Porque ela parecia com a madame Anna May Wong. Principalmente o cabelo, a franja. E ela usava blusas brilhantes com mangas longas e lisas e gola alta. E se tem uma coisa que aprendi, era não mexer com a madame Anna May Wong, porque pode te acontecer uma coisa muito ruim. Tipo, ela é a recepcionista no cassino e te dá um toque pra tu não apostar mais, e tem que ser muito é besta de ir contra esse conselho sensato e daí acabar com os bandidos pulando em cima de tu com as promissórias. Ou que nem da vez que ela foi recepcionista no misterioso Grand Hotel e colocou um bilhete na toalha pra juntar as coisas e se mandar pela escada de serviço. Pô, tu não para pra se barbear e chamar o serviço de quarto pra pedir cerveja, tu cai fora. Ou então ela é a recepcionista do clube na beira-mar e avisa que o grandalhão tá te esperando e que tem um barco que vai sair meia--noite. Muito naturalmente tu entra no píer e sinaliza aquele barco. Ou talvez tu é um gângster fodão de anel no mindinho interpretado por Akim Tamiroff com uma maquiagem violenta em volta dos olhos e madame Anna May Wong é sua funcionária faz um tempão e cuida de tudo pra tu. Só que agora tu tá caidinho por uma gata da alta-roda e madame Anna May Wong te falou pra fazer teus corre. E tu precisa te ligar no que ela tá falando porque não importa tua mansão e tapetes e anéis e tocar Mozart sem olhar pro teclado, tu ainda é um Akim Tamiroff sem classe e precisa ouvir o que ela tá falando da tua vida. A gata da alta-roda tinha os olhos pra outra pessoa de qualquer jeito, algum rapaz promissor brilhante num smoking com maquiagem rosada nas bochechas, coisas alegres não aquele rímel deprimente que desmancha na cara que eles te enfiaram porque tu é um gangster com sotaque estrangeiro e além de tudo é baixinho. Não é só isso, Lloyd Nolan tá no seu encalço, então é melhor tu ouvir. Porque quando você se dá conta madame Anna May Wong botou esse disco doce na vitrola e tá usando um vestido longo branco e brilhante e ela te dá uma taça de champanhe, e meu bem, tá tudo acabado. Não que ela vá te envenenar. Pior. Vai falar da tua vida e jogar a verdade na tua cara. Bem quietinha e superpaciente, o disco tocando e a câmera chegando perto do rosto, ela revela como tá desapontada contigo e com tua burrice. E tu percebe que ferrou tudo, mas é tarde demais. Lloyd Nolan chuta a porta. Mas ela tá aí, lindona pra ocasião, pra que tua vida no fim tenha bom gosto, mesmo que te falte noção faz é tempo.

Daí quando a Mãe Patsy me disse pra ficar longe do porão, eu fiquei longe do porão. Eu ia jogar o lixo do elevador sem sair, puxar a porta bem rápido, apertando o botão de subir o tempo todo. Ou empilhava os jornais no telhado. Ou colocava os sacos na saída de incêndio. Ou atirava as coisas pela janela. Ou subia e descia a lata de lixo sozinha no elevador, até que alguém esvaziava e vinha bater na porta pra falar com a minha mãe. E ela me dava um sermão de leve tipo como o fio do ferro de passar foi feito especialmente pra certos traseiros que num vou nem dizer o nome. Mas num chegou a tanto. Nem teria me importado se tivesse chegado. Melhor do que ser pega naquele porão horripilante qualquer hora. Tipo, tu podia ser puxada pras molas da cama ou ficar presa nas bicicletas e nunca mais escapar. Ou ser arrastada pra baixo das calhas de carvão onde os ratos com peste bubônica te pegavam depois que terminavam de arrancar orelhas de gatos e mastigar rabos de cachorro e pra terminar, os bebezinhos com boca cheia de leite de sobremesa. Tu pode ir pro brejo ali perto da caldeira de calefação e ninguém nem se ligar nas bolhas quando tu for arrastada pra baixo ou nem reconhecer teu chapéu flutuando lá em cima. E se tu rastejar pra fora, sempre tem um gás mortal vazando dos canos, verde e melequento atrás da caldeira, pra te sufocar. Isso se tu ainda não se enrolou nos cabos das lâmpadas e teias de aranha e morreu asfixiada. E aquelas coisas rastejando no sacão sujo de estopa pendurado na porta do quintal? Te penduravam naquele gancho gigante e tu se enforcava. E a neve se acumulando na porta do quintal pra tu não poder bloquear o vento fazendo aqueles barulhos bizarros, porque a neve não derrete na escuridão-masmorrenta do porão como acontece nos lugares normais. Daí o vento ia fazer tu correr e óbvio que tu fica presa atrás da lavanderia e todos aqueles sussurros e rugidos e arranhões te causam um ataque cardíaco certeiro. E se tu ainda ficar ofegante, se tiver sobrevivido a tudo isso, aí uma coisa feroz e peluda te agarra pelas tranças e te enfia na lata de lixo no tijolo escurecido da parede manchada com teu próprio sangue pegajoso, que é muito fedorento então as

O porão • 149

bruxas tão uivando pelo teu cadáver na panela de sopa. E tu tenta escapar e afunda até a cabeça na areia movediça pelo velho elevador de comida e é arrastada pela escuridão até que não existe mais nada.

Na verdade, demorou um tempo pra eu perguntar pra Mãe Patsy por que é que eu devia ficar longe do porão. Mas ela tava conversando principalmente com a Tia Patsy, papo de adulta e discutindo. Eu e a Patsy tava se revezando pra vestir um cachecol de raposa. A Tia Patsy na cadeira amarela com as pernas penduradas num braço e a cabeça no outro, fumando um cigarro e tomando um gole de uísque com soda. Minha mãe me mataria. A Mãe Patsy num quimono verde com um dragão dourado todo retorcido em volta do traseiro dela. Ela enrolou o cabelo no banheiro, mas saiu falando o que tô falando que ela falou, depois saiu de novo pra onde tava o álcool e o espelho e tudo e tal.

"Ele devia ser amarrado pelo saco", disse ela na porta, pegando um pouco do óleo que escorregava no pulso. "Mexer com meninas com aquele jeito velho obsceno e doentio dele", resmungou no banheiro.

"Ah, Norma, tu tá sempre pronta pra acreditar no pior de qualquer homem. Quem disse que ele pegou aquela menina demenor dos Norton?"

"E outra coisa." Vindo rápido do banheiro, dessa vez girando o babyliss pra ele clicar-clicar e se enrolar na própria fumaça. "Não deixe minha atitude em relação aos homens ser mais importante do que a segurança dessas meninas. Tu sabe de uma coisa, Fay, que tu se dá mal principalmente porque sempre tenta provar que tô errada sobre algum homem." E daí: "Olha aqui", disse quando saiu, depois voltou, segurando o babyliss imóvel e apertado tipo segurando o calor pra mais um cacho, "eu gosto de homens, sempre gostei."

"Ah, tá. Tu faz eles cortarem o maior dobrado que tua língua afiada conseguir. Se tu pudesse calar a boca por meio segundo e dar a chance pra algum homem de..."

"Se um homem beijável mordesse minha língua", disse a Mãe Patsy bem devagar, "eu ficava em silêncio por dias." Ela disse isso muito precisa e séria, como se algo importante tivesse sendo registrado. Tipo os velhos pigarreando, parando o rangido da cadeira de balanço e esperando o avião passar e aí te falando palavras sábias. "Essa é a verdade", disse ela, apontando o babyliss diretamente pra mim e pra Patsy como se a gente tivesse falando o contrário. "Homens são um tipo-maravilhoso de gente. E se tu puder encontrar um, só um homem na vida que sabe o que diabos tá fazendo, que pode talvez encontrar as próprias meias e não fica reclamando de dor nos joelhos ou batendo na tua cabeça ou te perseguindo, só um homem que sabe só um pouquinho com quem ele tá se metendo e não é muito feio pra levar pra cama, que não parece que foi atingido na cabeça por um martelo uma par de vezes e gostou..."

"Olha como fala, Norma", disse a Tia Patsy, subindo na cadeira amarela e com muito cuidado com o uísque com soda. "Tu abre a boca e vomita. Patsy vai crescer com um monte de ideias erradas sobre..."

"Homem velho e feio", falou a Mãe Patsy, apontando pra janela e pro quintal enquanto ia pro banheiro, mas voltou antes de chegar lá. "Parece um sapo doente, né? E ainda acha que é fofo, é o pior."

"Bem, Norma, lembra que todo sapo provavelmente é um Príncipe Encantado enfeitiçado." Eu e a Patsy rimos com ela, mas a Mãe Patsy olhou bem duro e fez sinal com o dedo afiado pra gente ficar quieta.

"Deixo os sapos pra lá", disse ela. "Com certeza vão te encher de todo tipo de verrugas. Deixo eles pra lá. Tu devia fazer o mesmo."

"Sim, senhora", respondi. "Mas então por que a gente não pode ir pro porão?", perguntei de novo enquanto minha boca tava aberta. A Tia Patsy veio sentar com a gente no espelho e esconder a cara no pelo de raposa pra rir. A Mãe Patsy olha fixamente pra cabeça de raposa em volta dos meus ombros, tipo esperando os olhos amarelos piscarem.

"Porque o zelador e seus cupinchas são um bando de nojentos desclassificados, porcos imundos, tarados..."

"Porque", disse a Tia Patsy interrompendo ela, "alguns homens, quando começam a beber, não sabem como se comportar direito com mulheres e meninas. Entendeu?" Eu e a Patsy fizemos que sim e escovamos as raposas com a escova de cabelo prateada da Feira Mundial.

"Tá vendo", disse a Mãe Patsy de volta e só com uma pantufa, "é muito difícil ensinar as meninas a ter cuidado e ao mesmo tempo não encher elas de pânico." Ela veio e sentou no tapete com a gente. "Sexo não é uma coisa ruim. Mas às vezes é uma necessidade que faz os homens agirem mal, se aproveitam de meninas que são simpáticas e que confiam nas pessoas. Entendeu?"

A gente entendeu, mas não fez que sim no espelho porque ela não tava olhando. Ela tava ocupada rebocando a franja e meio que olhando pro vidro vazio. A Tia Patsy pega a escova e penteia meu cabelo e me sinto bem até ela ir pra cozinha.

"Eles jogam damas no porão", falei, só pra sair do transe e tirar ela do desembaraçar dos cabelos. Ninguém disse nadinha. E começo a pensar no zelador que até agora pouco eu achava normal, porque ele tava sempre com cheiro de chiclete. Até as roupas. Achava que ele fazia contrabando de chiclete pro país, passando pelo controle do racionamento escondendo o chiclete no forro das roupas. Contrabandeava pras crianças porque a guerra não era nossa culpa e porque a gente num tem que ficar sem chiclete só porque eles precisam da borracha pros pneus do jipe. Mas daí eu descobri que o cheiro não era de chiclete era de uns comprimidos roxos que tu chupa pro bafo quando tá bebendo. E daí tive que mudar toda minha imagem dele. Então eu num gostei dele por isso. E além disso ele costumava fazer xixi na parede quando a gente tava jogando handebol. Então ele definitivamente tava na minha lista.

"O zelador botou a coisa dele pra fora", disse Patsy depois de um tempo.

"Que que tu falou?"

"Ele sempre faz isso."

"Repete", disse a Mãe Patsy dando as costas para o espelho. "E num deixa nada de fora."

"Sua temperatura tá subindo, Norma."

"Cala a boca, Fay, e deixe a menina falar. E daí?"

"Eu tava pulando corda no quintal..."

"Depois que eu falei pra tu num ir pro porão?"

"Deixa a menina falar, Norma", disse a Tia Patsy com aquele uísque com soda.

"E o zelador veio na porta, aquela que tem neve suja nela, e ele tava vestindo aquele macacão com as alças bem soltas, todo caído. E daí ele colocou a mão do lado como se tivesse pegando o bolso e ele puxou a coisa dele pra fora."

"E o que mais?"

"Homem grande, o zelador. O negócio era assim ó..." E a Tia Patsy deu uma olhada e calou a boca.

"Ele só fez isso. Ele balançou pra mim, pra Ludie e a Charlane."

"O que que tu fez?"

"Eu continuei pulando. Era a minha vez."

"Como é que tu não me falou essa parte quando me contou daquela vez que ele apalpou a menininha da Cora?"

O porão • 153

Patsy fez aquela cara de num sei, depois fez de novo mais duas vezes. A Mãe Patsy não tava mais lá pra ver. Ela tava levantando e correndo e xingando e batendo portas e a Tia Patsy foi atrás dela e deixou o uísque com soda na mesinha de centro. E dava pra ouvir elas brigando no corredor e a porta batendo e a Mãe Patsy passando pela gente indo pra gaveta de talheres e agora tô com medo porque nem devia tá na casa da Patsy e jajá os puliça vão tá aqui com certeza. Patsy também tem medo, porque ela sempre fica inventando coisas em cima das coisas de verdade.

"Eu vou matar aquele desgraçado", gritava a Mãe Patsy e a Tia Patsy tentando segurar ela e não deixar ela pegar o casaco. A Patsy escondendo o rosto no cachecol de raposa e não consigo ver se ela tá chorando ou rindo ou o quê. E fico pensando na época que a gente quase deixou de ser amiga porque ela disse pra minha mãe que eu tava embaixo da escada com o James Lee. E a minha mãe disse pra mim ficar longe da Patsy porque ela é louca por sexo e sempre fala indecência. Mas principalmente fico pensando que é melhor ir pra casa antes que a Tia Patsy para de tentar pisar nas costas da Mãe Patsy com a pantufa, porque ela tá louca pra sair pela porta e ir atrás do zelador com o picador de gelo. Mas eu não me mexo porque as portas ficam perigosas quando as duas brigam. Tipo na vez que a mãe da Patsy decidiu que alguém no prédio precisava de uma furada porque ela tava na maior fissura e elas sumiram e a Tia Patsy acabou com a mão presa na cômoda e depois com a cara presa na capivara dos puliça.

"Ele não balançou a coisa pra tu de verdade, né?", pergunto quando a Patsy sai do pelo pra ver quem tá ganhando. A Patsy não responde. Então a mãe dela se soltou e saiu pela porta e a Tia Patsy levantou e gritou escada abaixo que esperava que o zelador batesse na cabeça dela, estuprasse ela na neve e estrangulasse ela com o próprio sutiã. E eu sei que minha mãe deve tá ouvindo isso porque ela voltou do trabalho e sempre tá querendo saber onde eu tô e ouvindo tudo. Daí a gente ouve a Tia Patsy pulando os degraus de dois em dois e gritando pro sr. Taylor que pegava a correspondência da mesa do corredor pra fazer alguma coisa. E num dá nem pra ouvir as respostas dele porque ele tá falando com naturalidade e suavidade tipo minha mãe. Daí a Tia Patsy chama ele de cambada de maricas. E posso até ver minha mãe vestindo aquele casaco de pelo de camelo e pegando as chaves da estante, vindo me procurar. Depois a gente ouve o barulho do portão do porão tipo como se ela tivesse subindo ou arrancando ele das dobradiças, então a gente vai pra janela. E o zelador tá parado lá puxando os suspensórios, depois de costas pra neve com as mãos pra cima e a Mãe Patsy tá lá batendo nele com aquela pantufa e espero que ela tenha largado o picador de gelo no caminho.

Porque eu sei o que ela acha de gente malvada. Ela falava disso toda vez que tinha um uísque com soda na mão. Tipo a vez que ela me botou no colo pra explicar isso pra mim e os parentes dela pulando pra cima e pra baixo falando que ela tava louca. E ela tava me dizendo que existe maldade no mundo e ela deixa cicatrizes e despedaça sua alma. E se tu entrega pra Deus uma alma despedaçada, ele não aprecia muito, porque pode não tá em forma pra dar pra próxima pessoa que tá esperando pra vir. Então, quando tu mata o mal, tá fazendo o bem duas vezes. Tu salva tua alma pra tu e pra quem vai nascer também. Então não é assassinato, é ajuste, é como ela tava me contando até o Tio Patsy Washburn me agarrar pelo ombro e levar a gente no Thomford's pra tomar sorvete de passas ao rum e mostrar todos os passos de dança

O porão • 155

que ele e o Bojangles e o homem da barbearia do Pai Divino ensinaram pro Fred Astaire, que não só não agradeceu, como não fez os passos certos, pisava quando devia deslizar e pisava forte quando devia bater e ainda dependia de uma bengala em vez de seus talentos.

"Segura isso", disse a Patsy, me entregando o cachecol de raposa pra poder tirar o prego da janela pra gente poder realmente sair e ver o que tava acontecendo. A Mãe Patsy espancando o zelador era o que tava acontecendo, a gente viu o boné de capitão de barco dele voando pelo ar, mesmo sem ver ele porque a janela tá sempre pregada. E também eu tenho que ir antes que a minha mãe venha me procurar.

"Ele tava mesmo apalpando os peitos da Rosie naquela vez, Patsy?"

E a Patsy me deu uma olhada e chupou os dentes e agarrou o cachecol de raposa de volta no rosto, raspando meu pescoço com as garras, daí eu fico brava e tenho que ir de qualquer jeito.

"Não vou mais ser sua amiga", falei. Então levantei pra pegar meu casaco.

"Vou te contar um segredo", disse ela, puxando minha manga. "Sobre aquele dia que eu e o James Lee transamos no telhado."

"Tu tá sempre dedurando os outros."

Ela correu pra porta atrás de mim e tentou arrancar meu chapéu, mas ele tava preso.

"Se tu ficar, vou te mostrar uma surpresa."

"O quê?"

A Patsy ficou lá tentando descobrir o que diabos ela tinha pra mostrar. Ela deu meia-volta, olhando a casa em busca de coisas surpreendentes. Mas agora coloquei minhas luvas e a porta já tá aberta e tô com a cabeça longe tentando arranjar uma história pra minha mãe quando ela perguntasse onde eu tava o dia inteiro. Decido então só contar a verdade pra ela e aguentar as consequências e deixar pra lá.

Mas vou deixar de fora a parte de como a Patsy puxou a calcinha pra baixo e o vestido pra cima e colocou a mão lá, chamando de surpresa. E que surpresa. E só pra me fazer ficar e brincar com ela e ser amiga dela. Essa parte vou deixar de fora porque minha mãe já num gosta mesmo do jeito da Patsy e nem da família dela.

Maggie das garrafas verdes

Maggie não pretendia se envolver em nada daquilo, dormindo durante todo o batizado, passando longe da tigela de ponche e se recusando a se vestir para o evento. Mas quando ela deu uma olhada por cima do ombro do meu vô e viu "Aspire, Enspire, Transpire" rabiscado na primeira página com aquela caligrafia protestante linha-dura e uma mancha de óleo do frango frito ainda por cima, a cabeça dela deu um estalo. Ela surrupiou o livro e se retirou depressa para o quarto, trancou minha mãe do lado de fora e explicou através da porta que minha mãe era uma tonta de encorajar um monte de besteiras escritas errado da parentada do sr. Tyler e, além disso, ainda mais tonta por ter se casado com o monstro.

Imagino que Maggie se sentou em sua grande escrivaninha de carvalho, enrolou as mangas de renda delicadamente e mergulhou a pena no pote de tinta lilás com toda a cerimônia devida à Proclamação de Emancipação, que era, afinal, exatamente o que ela estava redigindo. Ela explicou que escrever pra mim era um negócio sério, pois ela se sentiu chamada a me libertar de todas as conexões históricas e genealógicas, exceto a mais divina. Em suma, a família era uma vergonha, degradando a nossa capacidade, minha e da Maggie, de ter asas, como dizem. Só posso dizer que Maggie estava mesmo inspirada. E ela provavelmente arruinou minha vida de cara.

Tem uma foto de nós duas na segunda página. Lá está Maggie com sapatos da Minnie Mouse e um vestido longo de bolinhas, com as meias enroladas na canela, parecendo muffins. Lá estou eu sem muita roupa, em seus braços, e parecendo quase um bebê comum, mortal, desses de todo dia — cru, enrugado, feio. Exceto que deve ser entendido de uma vez por todas que brotei no mundo completamente sábia e invulnerável e maravilhosa como uma deusa. Atrás de nós está a pianola de teclas assustadoras. E mais atrás, a janela emoldurando o rosto reticulado de Maggie, dando para o quintal já coberto de mato, onde mais tarde eu me perdi na grama alta, esperando nunca ser encontrada até que Maggie me colocou em seu cabelo e me contou tudo sobre as luas da Terra.

Uma vez que era só uma coisa velha contendo telegramas bem-intencionados, o livro foi uma agradável leitura naqueles dias chuvosos quando não me arriscava a enferrujar meus patins, ou talvez simplesmente não estivesse com vontade de zanzar pelas ruas da cidade com as crianças, preferindo estudar os desenhos de Maggie e tentar entender bem o espantoso maquinário que punha os planetas para girar e as estrelas para viajar e me dizia em termos claros que como uma linda de Áries eu era obrigada a levar adiante o trabalho de outros grandes arianos desde Alexandre até qualquer um que queiram mencionar. Eu poderia contar todas as respostas sábias-espertalhonas que dei ao documento de Maggie como uma criança mais velha remexendo nos baús entre os cheques sustados e antigas partituras de música, procurando por algumas cartas de amor suspeitas ou uma pequena prova de que minha mãe já teve um romance na vida, e encontrando em vez disso o livrinho velho que pensei ser apenas um livrinho velho. É muito fácil rir da juventude ignorante só pra ficar envaidecido da sabedoria do presente, mas estou divagando.

Como no meu aniversário Saturno estava com preguiça de levantar a bunda e Marte foi pego de surpresa, levando um esbarrão dos lacaios de Júpiter, eu só ia ficar mais centrada bem depois dos vinte. Mas de acordo com as cartas, e a linha da minha palma era prova disso, o carrasco me pouparia até bem depois do meu centésimo aniversário. Então resumindo, as folhas de chá cumprindo sua palavra e os padrões da borra de café sendo o que eram, eu estava destinada à grandeza. Ela me garantiu. E eu tinha certeza do meu sucesso, assim como tinha certeza de que meus pais não eram meus pais, que eu descendia, ungida e pronta para devorar o mundo, de imperiosos, nobres olímpicos.

Me contaram, aqueles que a conheceram, cujas memórias consistem em algo mais substancial do que uma senhora grisalha frenética que derramava café no pires, que Margaret Cooper Williams queria algo que não poderia ter. E foi a tristeza de sua vida que todos seus filhos e os deles e os deles não cooperaram — pior, eram melindrosos. Muito ocupados lavando roupa, sem vigor nenhum, colocando sua fé em Jesus, mudos e taciturnos em sua tristeza, melindrosos demais para se unir e conquistar o mundo, fazer história ou mesmo apreciar o chamado de Maggie, a Carneira ou a Ariana que veio depois. Outras coisas me disseram também,

Maggie das garrafas verdes • 161

coisas que deixei de lado para aprender mais tarde, embora eu sempre soubesse, talvez, mas nunca quis saber, a maneira como você prende a respiração e se equilibra para o conhecimento secretamente, mas nunca se permite entender. Eles a chamavam de louca.

É para a raça de Maggie que inclino a testa até o solo e beijo sua mão, porque ela enfrentaria todos eles ali mesmo no quintal, parentes de sangue ou por casamento, vizinhos ou não. E qualquer um que enfrentasse meu pai, Neandertal nojento que ele era, só podia ser uma combinação estranha de Davi, Áries e lunático. Geralmente, tudo começava com a comida, especialmente as panelas com coisas que Maggie preparava. Mandinga, ele chamava. Comida caseira, retrucava ela. Então ele se aproximava do fogão, erguia a tampa com uma cara de incredulidade e comentava sobre fossas e fertilizantes. Mas ela o fazia lembrar de seu prato favorito, *chitlins*, falando com a caixa de pão, no entanto. Ele ligava o rádio e fazia algum comentário sobre a boa música da igreja e os discos de vodu malucos dela. Então ela dizia às cortinas que alguns homens, que dispensavam a magia sem nada para substituí-la e, pra começo de conversa, nem tinham nada melhor pra oferecer do que a varinha mágica deles, viviam uma vida vagabunda, praticando magia do mal nas esposas de outros homens. Então ele dizia algo sobre parentes parasitas e sobre dançar conforme a música. E ela sussurrava para as chaleiras que não fazia sentido mendigar a um mendigo. Dependendo do público que atraíam, poderia durar horas até que meu pai inclinasse a cabeça para o lado, ouvindo, e então tentasse fugir.

"Não tem ninguém te chamando, sr. Tyler, porque ninguém te quer." E eu me sentia meio mal por meu pai como me sinto pelo lobisomem e o fantasma da ópera. Monstros, mais do que qualquer pessoa, sabe, merecem nossa compaixão porque precisam muito de beleza e de amor.

Um dia, bem na hora que Maggie ia dizer algo doloroso que o fez trazer à baila parasitas e danças, ele começou a gaguejar tanto que me deu vontade de chorar. Mas Maggie largou a colher de pau grande e assobiou para o senhor T — pelo menos era assim que ela e minha avó, antes de morrer, insistiam em chamá-lo. O cachorro, sempre com fome, veio pulando pela porta de tela, parou quase colando na pia e se esgueirou nas pernas de Maggie como cães maltratados fazem, com os rabos confusos sobre o que fazer, seus olhos sem piscar, vigilantes. Maggie lhe ofereceu algo do pote. E quando o senhor T terminou, lambeu a mão de Maggie. Ela começou a gargalhar. E então, antes que eu colocasse meu leite na mesa, a palma da mão de Maggie subiu e *bam*, o senhor T escorregou no linóleo e derrubou todas as garrafas de água com gás.

"Maldito vira-lata idiota", disse Maggie para sua colher de pau, "burro demais pra saber que deve morder a mão que te alimenta."

Meu pai jogou a mão para trás e gritou para minha mãe, que estava parada na porta balançando a cabeça, largar o que quer que estivesse fazendo e empacotar as coisas da velha o quanto antes. Maggie continuou rindo e falando com a colher. E o senhor T se esgueirou até a mesa para que Baby Jason pudesse fazer um carinho nele. E então era a hora dos xingamentos. E mais uma vez devo fazer uma genuflexão e beijar o anel dela, porque meu pai não pegava leve quando se tratava de xingamentos. Ele poderia difamar sua mãe e amaldiçoar a linhagem de seu pai num curto fôlego, descrevendo nos mínimos detalhes todas as alianças incríveis

Maggie das garrafas verdes • 163

feitas entre seus ancestrais e todos os tipos de criaturas estranhas. Mas Maggie não deixou barato, a velha de rendinhas falando com colheres ou não.

Minha mãe veio esgotada e exaurida e me acenou com a cabeça. Tirei meu sanduíche de manteiga de amendoim da geladeira, agarrei Baby Jason pelo andador e o arrastei para o nosso quarto, onde eu deveria ler para ele bem alto. Mas eu escutei, sempre escutava os passos de minha mãe na varanda até a trilha de cascalho e descendo o caminho de lama dura até o depósito de lenha. Então eu poderia dar atenção à cozinha, pois "Cachinhos Dourados", todo mundo sabe, nunca foi o suficiente para manter o cérebro de alguém acordado. Então, bem no meio de uma ou outra maldição feroz, meu pai fez uma coisa inacreditável. Ele invadiu o quarto de Maggie — aquele santuário de gráficos celestes e potes de incenso e livros de sonhos e coisas mágicas. Só o Jason, se escondendo de uma tempestade de agosto, teve permissão para entrar ali, e estava de joelhos engatinhando. Mas ele entrou com tudo e malvado como um gigante terrível, esse homem que a vovó Williams costumava dizer que era exatamente o tipo que foi colocado nesta terra com o "propósito de esmagar todos nós até a morte". E ele saiu com umas garrafas verdes, uma em cada mão, bufando e rindo ao mesmo tempo. E eu percebi, espiando pela cozinha, que essas garrafas estavam encantadas, pois tiveram um efeito estranho em Maggie, ela se calou na mesma hora. Tiveram um efeito estranho em mim também, brilhando no ar, quase tocando o teto, refletindo os raios do sol, no punho do gigante. Eu estava impressionada.

Toda vez que as via empilhadas no lixo lá fora ficava tentada a tocar e fazer um pedido, sabendo ao mesmo tempo que a magia estava toda gasta e que era por isso que estavam no lixo afinal. Mas não havia dúvida de que eram especiais. E toda vez que Baby Jason conseguia tirar uma de debaixo da cama, era o maior cochicho e confusão por parte da minha mãe. E quando Sweet Basil, o garoto da mercearia, entregava essas garrafas verdes para a Maggie, era tudo debaixo dos panos e nos fundos e nas negociações de canto, deslizando para dentro e para fora de inúmeros sacos de papel, segurando contra a luz, depois ela corria para o quarto e ficava trancada por horas, às vezes dias, e quando aparecia, toda misteriosa e em transe, o rosto todo coberto de sombras. E ela se sentava na mesa com aquela famosa xícara da Feira Mundial, derramando café no pires e soprando com muito cuidado, balançando a cabeça, cantarolando e girando a borra. Ela me chamou uma vez para olhar a borra.

"O que isso parece, Peaches?"

"Parece uma estrela faltando um pedaço."

"Hum", murmurou ela e girou de novo. "E agora?"

"Parece um rosto que perdeu os olhos." Eu olhando para dentro da xícara e sem palavras.

"Hum", disse de novo, enquanto ela enfiava a xícara bem embaixo do meu nariz e eu desejava que fosse um barômetro, para poder olhar sabendo o que ver em vez de fitar o que parecia nada além de pó de café no fundo de uma xícara amarela.

"Parece uma boca perdendo o fôlego, bisa."

"Não vamos fazer afronta, Peaches. Isso é um negócio sério."

"Sim, senhora." Espreitando novamente e tentando ser digna de Alexandre, do Carneiro e de todos meus outros antepassados. "O que realmente parece" — ganhando tempo e rezando por inspiração — "é um pássaro de cabeça para baixo, morto de costas com o coração cortado e o buraco sangrando."

Maggie das garrafas verdes • 165

Ela sacudiu minha mão quando tentei apontar a imagem que agora eu estava começando a acreditar.

"Vai brincar em algum lugar, garota", disse ela. Estava brava. "E para de me chamar de bisa."

"O que aconteceu aqui hoje?", perguntava minha mãe a noite toda, batendo a massa aromática e torcendo o pano de prato, o que deveria ajudar a massa a crescer, torcendo até rasgar. Eu não conseguia me lembrar de nada em particular, seguindo seu olhar até a porta de Maggie.

"Sweet Basil veio aqui hoje à tarde?" Também não conseguia me lembrar disso, mas tentei mostrar que era sua filha olhando fixamente para a porta fechada também.

"A vovó estava acordada hoje?" Minha memória também falhou.

"Você não tem lá muita memória, né?", disse meu pai. Pendurei o avental de minha mãe e a ajudei a torcer o pano de prato até rasgar.

Disseram que ela estava muito doente, então tive que arrastar Baby Jason até a grama alta e brincar com ele. Era um dia quente e o cheiro de querosene encharcando as ervas daninhas que teimavam em não morrer fez meus olhos lacrimejarem. Eu estava de bruços na grama só ouvindo, esperando a sirene da tarde que no ano passado parecia anunciar o Dia do Julgamento porque tocou muito tempo pra dizer que a guerra acabou e que não tínhamos mais que comer carne de lata e que tinha um circo chegando e um desfile e o tio Bubba também, mas com uma perna só. Maggie veio para o quintal com a cesta de legumes. Ela se sentou na beira da trilha de cascalho e começou a separar as pimentas, vermelho e verde, vermelho e verde. E, como sempre, estava cantarolando uma daquelas músicas estranhas dela que sempre a faziam parecer ainda mais sagrada e negra. Amarrei o bebê Jason numa árvore para que ele não engatinhasse para o colo dela, o que sempre a irritava. Maggie não gostava de bebês meninos, ou, pensando bem, de qualquer tipo de menino, mas principalmente de meninos nascidos em Câncer e Peixes ou qualquer coisa, menos em Áries.

"Olha aqui, Peaches", chamou ela, passando o barbante pelas pimentas e baixando a voz. "Quero que você faça uma coisa pra sua bisa."

"O que tenho que fazer?" Esperei muito tempo até quase pensar que ela tinha adormecido, rolando a cabeça no peito e mexendo nas pimentas escorregadias, arrancando os talos.

"Quero que você vá no meu quarto e tira uma caixa grande e rosa debaixo da cama." Ela olhou em volta e acordou um pouco. "Isso é um segredo meu-e-seu, Peaches." Eu balancei a cabeça e esperei mais um pouco. "Abre a caixa e você vai ver uma garrafa verde. Enrola nesse avental e coloca debaixo do braço, assim. Depois, pega os cogumelos que deixei na mesa como se fosse o que você foi buscar. Mas pega e volta aqui bem rápido." Repeti as instruções, coloquei um colar de pimentas em volta de mim e corri para a casa quente e empoeirada. Quando voltei ela jogou os cogumelos no colo, enfiou a garrafa debaixo da saia e sorriu para as pobres pimentas que suas mãos nervosas tinham amarrado. Elas pendiam úmidas e estragadas no barbante como pequenos animais de pescoço torcido.

Eu estava lá no fundo brincando com as crianças da fazenda do governo quando o tio Bubba veio deslizando pela pilha de areia com a única perna boa dele. Jason já estava na perua pendurado na minha velha boneca. Ficamos na casa da tia Min até que meu pai veio nos buscar de caminhonete. Todo mundo estava na cozinha dividindo as coisas da Maggie. A cômoda foi para a tia Thelma. E os souvenirs das luas de mel de Maggie foram para os primos sardentos da cidade. As roupas foram embaladas para a igreja. E o reverendo Elson dirigia o

Maggie das garrafas verdes • 167

desempenho do pianista da janela da cozinha. As sopranos desencontradas, que nunca pareciam estar juntas em suas notas altas ou em visitas como esta, estavam fazendo minha mãe beber chá e continuavam acenando para mim, dizendo que ela estava sentada na cadeira da enlutada, que era exatamente como todas as outras cadeiras do conjunto, do mesmo jeito que o canto do amém não era melhor nem menos empoeirado do que o resto da igreja e nem mesmo era um canto. Então o reverendo Elson se virou para dizer que não importa que ela tenha sido louca, não importa que tenha agido de maneira odiosa com a igreja num geral e com ele em particular, não importa que tenha se comportado de forma rancorosa com seus vizinhos e até mesmo com seus parentes de sangue, e mesmo que todos estivessem melhor sem ela, vendo como ela morreu como prova de seu caráter pagão, e bem ali no jardim da frente, com uma garrafa debaixo das saias, as sopranos se juntaram desencontradas como sempre, apesar de tudo, o reverendo Elson continuou, que Deus guarde sua alma, se assim Ele quiser.

O ovo de cerzir foi para o macacão do Jason. E a escrivaninha foi para o meu quarto. Bubba disse que queria os livros para os filhos. E todo mundo olhou para ele daquele jeito. Minha mãe só ficou sentada na cadeira da cozinha chamada de lugar da enlutada e não disse nada, exceto que eles estavam vendendo a casa e se mudando para a cidade.

"Bem, Peaches", disse meu pai. "Você era especial pra ela, o que você vai querer?"

"Vou ficar com as garrafas", respondi.

"Oremos", disse o reverendo.

Naquela noite, me sentei na escrivaninha e li o livro do bebê pela primeira vez. Era como sentir Maggie me segurando no colo e espalhando cartas na mesa da cozinha. Olhei minha nova coleção de garrafas. Tinha garrafas roxas com rolhas de vidro e rótulos. Tinha garrafas azuis gordinhas e achatadas com tampas apertadas sem nada dentro delas. Tinha garrafas vermelhas lisas e estreitas que cabiam só uma flor de cada vez. Eu tinha pedido as garrafas verdes. Eu ia dizer a eles, mas não disse. Era muito pequena para tanto encantamento, de qualquer maneira. Fui para a cama me sentindo menor ainda. E parecia uma pena que a esperança da linhagem de Áries ainda dormisse com uma luz acesa colocando a culpa em Jason e chorasse com os punhos cerrados nos olhos, como um bebê comum, mortal, igual a qualquer outro.

As Garotas Johnson

"Não fica batendo essa bola em cima da minha sombra, moleque", avisou Vó Drew Thumb, separando as lentilhas. "Sua irmã já te avisou uma vez pra pintar o terceiro andar e os nervos dela já tão no limite. Os meus também."

Thumb driblou a velha de novo, passou por mim e quase derrubou a tábua de passar. Vó Drew inclinou a cadeira pra trás, na parede, d'um jeito que sua sombra correu pra debaixo dela, deixando Thumb numa quadra vazia. Ele tá bem na minha cara, girando a bola num dedo e sorrindo daquele jeito. Eu não tô impressionada. Na minha opinião Thumb é um palhaço. É por isso que quando ele entrou no meu quarto ontem à noite falando que tava atrás da Inez e d'um pouco de aguarrás e o tempo todo rondando pelo meu quarto, tocando os potes na minha cômoda e os livros na minha cama, até que finalmente ele se inclinou sobre mim desenhando ziguezagues na minha perna por cima da coberta, eu disse pra ele: "Olha aqui, Thumb, você é um cara muito massa e tal, mas eu não levo palhaços pra cama, então sai fora". E muito naturalmente ele fala pela centésima vez que tô ficando cada dia mais parecida com a Inez. Dei um corte nele e mandei ele tomar tento. Porque o Thumb é do tipo que mantém um fluxo constante de tagarelice e nunca vai direto no assunto, ou se o corpo vai prum lado aí a boca vai pro outro, falando dalgum filme que viu ou alguma conversa que ouviu ou algum livro que leu ou qualquer coisa acontecendo noutro lugar, como se ele não tivesse na minha cama tentando apagar seu fogo tirando uma lasquinha sem parecer e aí no caso da Inez perguntar se ele tá mexendo comigo, ele pode dizer não e tá tudo limpeza. E se ele é um fiasco fazendo amor e eu atiro ele pra fora da cama, aí ele é um cara maltratado e eu sou uma vadia maluca.

"Em vez de queimar erva, você podia enviar um telegrama pro Roy dizendo que vai lá", disse Thumb quando a Inez passou num fru-fru naquele vestido de tafetá que usou o dia todo, enfiando o incenso nos tijolos da lareira.

"Fosse eu", disse Vó Drew, "preparava uma contramandinga e fazia aquele homem dá uma volta por aí de novo." Inez não prestava atenção em nenhum dos dois, tava fazendo malabarismos com a lista de cinquente-sete coisas na cabeça que ela tem que fazer antes de poder voar pra Knoxville e trazer Roy pra casa ou jogar uma coisa na cabeça dele.

"O que é isso aí, Nez, feitiço de amor?"

"Só as chaves", respondeu ela, abrindo o punho pra mostrar as chaves e o bilhete amassado que o Roy deixou, que todo mundo tava morrendo de vontade de ler, mas que ela não largou nas últimas vinte e quatro horas. "Só as chaves", respondeu de novo pra velha.

"Mesma coisa, amor. Ele devolveu, hum? Feitiços de amor são temporários se seu encanto num é completo." Inez encarou a velha com tanta intensidade que ela voltou a olhar pras lentilhas, arrancando as sujeiras com as mãos nodosas. Então Inez lançou seu olhar faça-isso-faça-aquilo pro irmão. "Olha, Thumb, você devia tá pintando os quartos do andar de cima. E vê se toma um banho também. O incenso não dá conta desse fedor!" Ela gritou pra ele quando ele passou voando, resmungando como ela era uma vadia sem coração, falar pra a Sugar e todo mundo deixar a maquiagem separada e chispar da cama. E aí ela disparou seu olhar pra Vó Drew.

"Vou fazer esse andar ficar limpo", disse a velha senhora bem rápido, se referindo à cozinha, sala de jantar, despensa e lareira.

"Olha, só dá uma lavada rápida no chão, passa um pouco de lustra-móveis na mesa e coloca os vasos."

Então Inez voltou a subir as escadas. Mas quando chegou lá em cima e começou a conversar com Sugar e as outras, a velha se encostou na cadeira e espalhou as cartas. Ela me chamou com o dedo pra ir estudar as cartas com ela. O valete de ouros caiu no chão. Valete de ouros sempre cai no chão quando a Vó Drew joga as cartas pra Inez.

"Olha aí, o bom homem escapou" disse ela, depois de se inclinar e reclamar da artrite. O que significa que devo parar de passar as camisolas e me inclinar pra pegar o bom homem e girar em cima das cartas pra ver como ele se assenta. Talvez numa carta de alegria, nesse caso devo correr pela casa, gritando em puro júbilo. Ou talvez no ás das tristezas, nesse caso devo fazer uma expressão circunspecta e preparar uma bebida pra ela, pra gente lamentar que o Roy nunca mais vai voltar pra casa pra acender o fogo na lareira e tocar flauta. Eu continuo passando as camisolas, é o que faço e deixo o valete de ouros seguir por conta própria.

"Sabe, na minha época", disse ela, embaralhando as cartas viradas pra baixo, "as mulheres mais velhas se reuniam pra orientar vocês, jovens, sobre os homens." Eu bocejo porque tô farta desse discurso e com pressa de voltar lá pra cima com a

Sugar e as outras e com certeza elas vão pedir uma pizza agora ou alguma coisa pra forrar o estômago antes da Vó Drew arrumar qualquer coisa pro jantar. "E você aprende o que fazer quando os homens ficam grosseiros ou começam a olhar por muito tempo para o vazio. E você aprende sobre encantos e coisas e como ler os sinais, então..."

"Quer me dar outra bacia pra eu fazer essas fileiras de renda?"

"Quero não," respondeu ela, tá tudo bem pra mim, desde que ela fique quieta sobre essa merda em particular. Mas é só dobrar as rendas e pegar a camisola vermelha transparente, lá vem ela de novo. "Você num passa de uma adolescente e pensa que cresceu porque entrou na faculdade e publicou uma história nalguma revista e tinha alguns moleques bobos na sua cama, mas você tá despreparada. Uma jovem que nem você lá fora, no deserto, sem orientação adequada, é que nem um bebê entrando numa mina de dinamite."

"Numa o quê? Você andou bebendo aquele lustra-móveis de novo?"

"Numa mina de dinamite, eu falei. Toda trancada pelo lado de fora e pronta pra explodir. E só as vigas tiritada segurando as pedras pra cima da sua cabeça e se estilhaçando rápido e o caminho do túnel tão escuro e esburacado que você num ia encontrar a saída mesmo se tivesse a melhor lanterna que o dinheiro pode..."

"Ei, olha aqui, meu bem", falei, agarrando os vestidos pra fugir, "coloca a tábua de passar pra mim, por favor? Tenho que ir. Você é um amor."

"Vai à merda", disse ela, recolhendo o valete de ouro do chão, hábil, suave, sem artrite.

"Você num vai levar essas calçolas pra Knoxville", disse Sugar, segurando uma calcinha de algodão azul com bolinhas brancas. "Ah não, mana, eu num vou te deixar pôr na mala essas coisinhas mixurucas."

Inez nem se vira. Não que tenha espaço pra se virar com Marcy nos armários com as portas escancaradas pegando todo tipo de casaco até encontrar algum adequado pra pôr na mala e aí jogar na cama. Gail tá engatinhando na cama toda com a bunda pro alto e a parte de cima da meia-calça aparecendo. Ela combina a parte de cima e a de baixo — boca de sino e blusa de tricô. Sugar, na cômoda que Roy fez debaixo da janela da sacada. Ela quase arrancou a peça vasculhando as lingeries como se tivesse uma gorjeta escondida nalgum lugar. Eu só fico lá por um tempo, porque é uma visão bem engraçada.

"O que cês acham desse?", perguntou Marcy, e todas congelaram, fazendo careta pra analisar o vestido de crochê vermelho. Todas menos Inez. Ela segue muito metódica embalando sua ducha higiênica, pílulas, desodorante e outras coisas numa caixa de plástico. E fiquei me perguntando por que todas elas se deram ao trabalho de vir e zonear o coreto assim quando primeiro, a mala que Inez pegou era tão pequena e tava no maldito banco de reserva, e segundo, ela vai pôr o que quiser depois que elas forem embora de qualquer jeito.

"Deixa a porta aberta, querida", falou Sugar pra mim. "Para poder ouvir a campainha."

"O tal fulano vem te pegar aqui, Sugar?", perguntou Gail. "Não sei o que você vê naquele velho feio. Não tem grana nem política." Bastou Sugar olhar pra Gail e todas explodiram em gargalhadas. "Aquele carinha de chapéu de camurça que tava com você na estreia da Marcy era massa. Juro que não entendo o que você quer com esse camarada." Sugar deu o mesmo olhar pra Gail e elas explodiram de novo. "Agora me parece que o

Leon entrava na tua. Ele acha que você caga diamantes e mija Chanel número cinco, do jeito que fica com os pneus arreados toda vez que você pede pra ele fazer alguma coisa. O departamento mental não é o forte, mas ele parece ser capaz de se virar com as próprias meias e consertar uma torneira vazando ou coisa assim."

"Eu amo um faz-tudo", suspirou Marcy, se escorando no armário como se tivesse crescido cultuando caixas de ferramentas e serras e outras merdas, sonambulando madeireiras procurando o príncipe-encanador ou algo assim. Nós só olhamos pra ela, Marcy Stevens, escultora em transe, encostada no armário de Inez com uma longa túnica roxa de veludo como se fosse um vestido de princesa de conto de fadas. Aí a campainha tocou e era o cara com os sanduíches e Sugar com seu corpo rechonchudo já veio de volta com as pilhas de coisas que todas caíram matando que tudo que consegui pegar foram dois copos plásticos de salada de repolho e metade de um sanduíche, quase que só molho e cebolas.

"Um dia", disse Sugar, lambendo o molho de tomate do seu braço, "vai ter o que eu quero no cardápio. Servido do jeito que eu gosto e num prato, pra eu não precisar zonear a maldita mesa cuma tigela minúscula disso e um prato extra daquilo e um acompanhamento de sei lá que diabos." Ela deslizou os pães pra cima da cômoda e plantou os pés na gaveta de baixo. "Deixa só a mana Sugar mandar a letra procês, vadias, viver à la carte é uma viagem."

"Conta tudo, mana Sugar", incentivou Gail.

"Primeiro, você tem que ter um homem pra trepar, um tipo que pode se meter entre os lençóis sem um monte de besteiras como 'Essa é uma união espiritual' ou 'As mulheres tão sempre devorando meu corpo' ou..."

"Amém", disse Marcy.

"É claro que ele geralmente tem uma aparência horrível e não tem QI alto", continuou Sugar. "Aí você tem que ter um cara pra dar um rolê, um mano que pode ser até bonitinho pra não ter vergonha de chegar perto das amigas, caso ele insista em abrir a boca grande." Inez deu sua primeira risada do dia e se encostou na cadeira pra fazer as unhas.

"É claro que cara do rolê não tá ligado em você, tá ligado é no conceito e no guarda-roupa e no desodorante roll-on importado dele com componentes estranhos listados lá embaixo numa língua desconhecida. O que significa que você tem que ter um boy."

"Um office-boy?", perguntei, e todas elas me olharam com cuidado pra ter certeza de que enfim tinha idade suficiente pras reuniões de cúpula.

"Tipo quando você tá morrendo de dor e totalmente confusa e ninguém na terra vai atrás das suas merdas, aí você chama o boy, porque é o trabalho deles ir atrás de qualquer coisa."

"Um viva pros boys", disse Marcy, batendo no ar um colete de caxemira verde-água.

"Você precisa ter o cara do dinheiro, nem é preciso dizer. E o mais importante, precisa ter um cara dengoso."

"Eu sou doida num cara dengoso", suspirou Marcy, começando a parecer inconstante pra mim porque ela suspirou toda erótica do mesmo jeito que fez pro mano faz-tudo.

"Um homem dengoso que pode atender suas necessidades mais dengosas. Talvez signifique pintar seu quarto com tom ridículo de laranja, porque acontece de você precisar daquele tom ridículo de laranja na sua vida agora. Ou segurar sua cabeça enquanto você vomita as tripas no banheiro porque tava tentando afogar algum tarado canalha no álcool já que não podia dar um sacode nele."

"Manda essa letra, madame Sugar", pediu Gail.

"Ou talvez seja te dar comida na boca e colocar suas meias angorá cor-de-rosa e esfregar seus pés cansados enquanto você dispara numa saga triste sobre fazer xixi nas calças na segunda série e como isso te colocou no rumo errado da vida pra sempre e depois..."

"Ele tá começando a parecer um office-boy", falei e depois me desculpei. Porque todas ficaram olhando pra mim, até mesmo Inez com sua mão esquerda balançando e brilhando vermelha, como se eu fosse mesmo aquele bebê patético tropeçando na mina de dinamite da Vó Drew sem uma vela que fosse.

"Ah, mas querida", disse Sugar, jogando fora os pimentões, "um dia eu vou ter tudo e no mesmo prato. Porque à la carte é foda."

"Ser uma mulher inteira é foda", disse Marcy.

"Ser uma mulher foda é foda", disse Gail.

"Homem é foda", falei, dando meu palpite, que parece ter sido aprovado.

"Mas um dia meu príncipe virá", cantarolou Marcy, valsando com o casaco preto de lantejoulas de Inez. Sugar olhou pra ela como se ela fosse louca. Inez sorriu aquele sorriso maroto. Mas Gail até ficou de pé, espantada com o sonho de princesa da Marcy.

"Príncipe? Você tá esperando um príncipe? Isso é antiluta, irmã", disse Gail e todas cederam, "contrarrevolucionário e idiota. Príncipes não vêm. Sapos vêm. E eles nunca são do tipo encantado. E definitivamente não são do tipo beijo-mágico. Eles te dão verrugas, irmã."

"Tem razão", disse Sugar, pulando da cômoda e cutucando a barriga e inchando as bochechas até que pensei que fosse morrer.

"É à la carte ou meia-porção mesmo", disse Inez muito séria, que é o jeito dela. Aí começou a mexer no algodão na cesta de manicure e não disse mais nada. E o clima ficou sombrio e sério por um minuto. Marcy ficou calada no armário, escolhendo os sapatos. Gail fazendo pilhas de shortinhos. Sugar voltou pra cômoda, devorando uma pimenta em conserva em silêncio. Todo mundo pensou a mesma coisa, mas Inez não falou sobre isso, porque esse é o jeito dela também, calada. E mesmo morando com a prima Inez há três anos, ainda não consigo me acostumar. Então ficou tudo muito quieto. E deu pra ouvir Thumb no andar de cima batendo nas latas e Vó Drew no andar de baixo cantarolando. E sempre acabamos num momento como este, quando tá rolando alguma coisa importante na vida de Inez e todas as amigas se reúnem, principalmente o grupo. E todo mundo traça seu plano, na maioria das vezes avançando com base em informações incompletas porque Inez não dá muitas peças, então elas completam o que tá faltando e aí trocam conselhos e gritam bobagens umas com as outras e trocam histórias e finalmente entram num consenso do que Inez deve fazer. Ela então dá meia-volta e faz exatamente o que dá na maldita telha, porque esse também é o jeito dela. Tipo me arrastar pra fora da casa da minha vó pra vir morar com ela e aí fala pra Sugar pagar meus estudos e encontrar um emprego pra mim, quando a Sugar foi a primeira a dizer pra deixar minha bunda onde tava. Ou comprar esta casa estilo *brownstone* e contratar a Vó Drew como governanta, quando qualquer idiota pode ver que ela mal consegue cuidar de si mesma, muito menos duma casa de quatro andares. Ou largar um emprego que pagava bem numa editora pra montar a escola de jazz pro Roy não precisar viajar tanto. Ou depois do Roy ter se mudado, se recusar a casar com ele. E aí Sugar entrou num colapso maravilhoso, gritando: "Você tem que proteger seus interesses com pedaço de papel, Nez". E Inez responde: "Tááá".

"Que você vai fazer, Nez?", perguntou Marcy escondida no armário, toda grande e corajosa. "Pode ser que ele já tenha aceitado o cargo de professor e encontrado outra mulher." Ela falou bem baixinho, balançando os cabides pra frente e pra trás e sem aparecer, caso Inez começasse a lançar seus olhares. E é uma surpresa pra mim, porque a pequena Marcy nunca foi dessas de mandar a real na lata, a não ser que seja a real dela. Nesse caso ela desmaia, reclama e morde os nós dos dedos e fala como esperou a vida inteira que os fedelhos crescessem e parassem de puxar suas tranças, que os moleques crescessem e largassem os tacos de sinuca e viessem procurá-la, que os marmanjos parassem de mentir uns pros outros no vestiário e viessem enfrentar ela de verdade, que os homens crescessem e parassem de se guardar pra Hollywood ou de se afundar nas drogas ou de palmitar com minas brancas. Só esperando crescer e parar bem na frente dela e dizer, tô aqui, Marcy Alexander Stevens. Eu sou seu homem e vai ficar tudo bem daqui pra frente.

"O que o bilhete diz, Nez?", Marcy perguntou depois de um tempo, mas ainda dentro do armário. Inez não respondeu. Tava lixando as unhas dos pés agora. A cabeça apoiada no joelho de forma que a luz da lâmpada fazia com que seu cabelo parecesse mais cinzento do que realmente é. "Só 'tchau' ou..."

"Se *tem* outra mulher", disse Gail bem devagar, "o que pode muito bem ser, eles já devem tá casados. Ele saiu duas semanas antes de você voltar da palestra. E foi lá várias vezes nos últimos meses e num precisa de tudo isso pra montar um show. Vai ver ele tá escondendo uma mina em Knoxville esse tempo todo. Por que alguém ia querer ir pra Knoxville quando tudo que podia desejar na vida tá bem aqui em Nova York? Não consigo entender."

Inez inclinou a cabeça pro lado e agradeceu a Gail, muito baixinho, depois começou a passar o esmalte no pé esquerdo.

"Bem", disse Sugar, "eu nunca fui de chorar por causa dum homem escapando pelos meus dedos gordinhos, mas aquele seu homem em particular, Nez, é algo especial. Quer dizer, vocês dois mantiveram minha fé no prato-feito." Sugar deu a volta na cadeira de Inez e parou diante do espelho pra puxar sua saia de camurça, encolhendo a barriga e piscando pra si mesma.

"Sempre me pareceu que... Bem, olha pra isso", falou ela, erguendo um braço como se tivesse espalhando mapas e gráficos pra estudar. "Um homem, num importa quanto seja um traste, quer dizer, mesmo que ele seja um completo caso perdido, sempre pode conseguir uma boa mulher, duas ou três por sinal, pra ficar afinzona dele. Né verdade? Mas e uma mulher? Se ela num der um jeito nas merdas dela, pode esquecer, a não ser que tenha muita sorte de ter uma Vó Drew fazendo benzedura. Se ela tiver só com metade das merdas resolvidas e com muito sangue-frio, aí talvez ela possa agarrar algum otário e fazer a cabeça dele. Mas se ela tem culhão, um penteado maneiro, manda superbem no trabalho e é boa pra caramba com a coisa de mulher lá dela, bem..." Sugar levantou outra braçada de ar pra exame, "ela só vai ficar dando braçadas pegando ondas pra sempre sem ninguém pra alcançá-la, porque a coisa dela é tão difícil e é tão nítido que ela não tá de brincadeira, que nenhum homem pode bombear seu coração de menino bom o bastante pra lidar com ela de igual pra igual." Sugar desabou na cama ao lado de Gail e olhou pra sua meia-calça, exausta. "Mas você e o Roy", disse, balançando a cabeça e urrando, "Ôôôôô. Olha aqui. Tô no auge da minha vida e tô pronta pra mandar ver. Tá me ouvindo?", concluiu, se levantando num pulo.

"Nós te ouvimos", falou Gail.

"Eu tô no auge da minha vida e tô pronta pra mandar ver. E eu quero isso. E eu quero tudo e tudo num maldito prato. Tô dando a letra?"

"Em alto e bom som, Sugar", respondeu Gail.

"E se num posso ter o prato-feito que tenho me preparado nesses trinta e tantos anos, então vou me contentar com a meia-porção que a Nez fala que o Roy é. Qualquer dia. A qualquer hora de qualquer dia... Um cara grande negro com coxas gordas fazendo volume na calça. Voz grave profunda dizendo coisas sinceras e serenas de amor. Lindas mãos e dentes. E quando ele se mexe e as calças de veludo fazem shh ssh, é só chamar que eu vou, vou sim. Tá ligada?"

"Você arrebenta, gata", disse Gail.

Fiquei olhando pra Sugar bem de perto porque ouvi aquele tom que significa que vai chorar. E quando ela começa a saltitar na ponta dos pés, sem dar a mínima pros desfiados na meia-calça ou as pregas na camurça, pô, isso é sinal de chuva. E fico com vergonha. Não quando ela chora, mas mais tarde. Tipo no estúdio de televisão, quando vou encontrá-la pra almoçar e ela tá vestida toda no couro com aquele velho chapéu panamá e óculos escuros e ela negociando e fazendo o que tem que fazer e mandando ver e todo mundo marchando um-dois-três porque a srta. Elizabeth Daley nascida Williams vulgo Sugar é foda pra caralho e tá pra jogo e é com ousadia. E ela passeia pelo carpete com aquelas botas incríveis e a piteira no ângulo certo e os cílios impossíveis na medida certa e a maquiagem inimitável. E ela me leva pralgum restaurante chique, mesmo que eu escolha a comida, porque ela diz que devo experimentar o que há de melhor, que aí nenhum neguinho do fast-food Nedick vai me fazer perder a cabeça e me derrubar. E ela se inclina pra me cumprimentar com um beijo. E é muito cheirosa. E diz que fico bem na minha roupa Levi's e que vou superar meu jeitão rebelde logo logo e ser linda como ela nunca foi. E caminhamos pra rua e todo mundo balança a cabeça, faz oizinho e sorri e quase arranca a porta das dobradiças e chama um táxi pra ela. Então fiquei com vergonha daqueles olhos úmidos às três horas da manhã algumas semanas atrás. Como se eu tivesse carregando um segredo horrível no bolso da jaqueta e não devesse puxar minha mão muito rápido senão ele cairia se espalhando na calçada aos olhos do inimigo e a Sugar iria se desfazer.

"Me dá um pouco de salada de repolho", pediu Sugar pra mim, tirando os sapatos. E ouvi em sua voz que ela não ia chorar, mas comer feito louca. Gail ajudou a destampar o copo e procurar o garfo como a boa amiga que é. Fiquei esperando Gail falar. Não tanto pra Inez, porque a Inez simplesmente não se importava com o que tava acontecendo na cabeça das outras pessoas, vivendo em seu processo interno. Mas falar pra mim, porque tô ligada nisso tudo, aí não terei que passar por toda essa tortura e merda quando me jogar nas minhas cadências de mulher e sair pelo mundo. Então fiquei olhando pra Gail.

"Outro dia", disse Gail, se apoiando nos cotovelos e parando um pouco pra olhar seus seios que ela diz serem o que ela tem de melhor, "Rudi... o cara que era barman na esquina antes de ser preso?... Ele vai até o centro e me pega pra tomar uma bebida, saca? Já tinha ficado em cana três anos, tá sacando? Se fodeu roubando um banco, mas deu tempo de esconder a grana pra que a mulher e o filho pudessem viver de boa e pagar as coisas da casa. Ok. A mãe dele vai no xadrez contar que a mulher, a tal dita-cuja, tá com outro negão e conta que o negão tem passado os fins de semana na casa. Toda glória pelas boas-novas da mamãe, certo? Aí o mano planeja seus movimentos. Sai na calada da noite, sem contar pra ninguém, saca? Vai pra casa. Espia o carro na entrada da garagem. Observa o casaco e o chapéu no sofá. Sobe sorrateiro lá pro quarto e encontra exatamente o que qualquer mané esperaria. Pô, três anos são três anos. Então. E ele num é muito hospitaleiro e arma um caos pra todo lado, tanto com a dona como com o cara. Muita

As Garotas Johnson • 183

porrada e chute na bunda e até navalha por razões étnicas. Joga a mulher na neve. Surra o negão até faça-boa-viagem. Manda o filho pra mãe dele." Gail descruzou as pernas, olhou nos olhos da Inez por um minuto, depois pegou o cigarro da Sugar pra fazer o *grand finale.* "Aí o Rudi tá enganchado comigo nesse balcão de couro vermelho num bar no centro da cidade, contando tudo isso com uma voz forte e justiceira e apalpando minhas pernas e pensando que vou fundo porque num é o meu homem no xadrez cumprindo cinco a sete e ei, eu tô de saco cheio. Não só pela ironia dramática por trás disso tudo, não só porque eu deveria tá na reunião dos trabalhadores de rua, mas principalmente porque o falatório do Rudi é um pé no saco."

"E o que você falou?", perguntou Marcy.

"Eu levantei algumas questões, tipo, primeiro, a mulher num é humana também? Segundo, o que ele esperava? Terceiro, por que ele num fez a coisa certa e disse pra ela pular fora? 'Olha, querida, três anos é uma longa jornada, então cuida de tudo que for preciso e te aviso quando for voltar pra casa, para você dar um fim na merda toda quando eu bater na porta'."

"E ele falou o quê?", perguntou Marcy de novo, vindo e se sentando na cama.

"O idiota respondeu que se ela só precisava ter um negão num devia ter levado pra casa deles, num devia. Deveria ter ido prum motel. Se liga nisso. Ele preferia que a mulher dele entrasse e saísse de motéis por toda a cidade, com todo mundo de olho e ter estranhos em casa cuidando dos filhos dele a noite toda. Homem é foda. Foda por natureza."

"As parábolas geralmente têm uma lição", disse Inez, sem levantar os olhos, mas soprando as mãos.

"Pô", Gail disse, "o que você esperava? A, o homem é mulherengo por natureza. B, simplesmente num tem homens suficientes no rolê, então o Roy pode ser laçado a qualquer minuto.

C, você se recusa a adestrar aquele homem pra ficar em órbita ou trancá-lo à noite por causa dessas merdas de liberdade e mobilidade e respeito. D, é muito pesado lidar contigo, Inez, e a maioria dos homens... Ok, vou ser justa com o Roy, ele é mais descolado e mais digno do que a maioria dos homens, mas ainda é um homem, a mãe dele criou um filho como todas as outras e deixou o trabalho de lapidação da masculinidade pras outras mulheres, né?... Bem, ele num aguenta o tipo de pressão que uma mana como você coloca ali."

Inez se encostou na cadeira e cobriu os olhos como se tivesse pensando nessa pressão e talvez rejeitando a ideia. Porque ela sempre afirma que oferece um relacionamento livre de impostos — sem exigências, sem pressão, sem jogos, sem ficar jogando as coisas na cara com ultimatos. E geralmente é a Gail que cospe vapor naquela encruzilhada, apontando que essa é a pressão mais pesada de todas. E Inez dizendo "Tááá" e continuando a cuidar das suas coisas.

"Então", continuou Gail lentamente, esperando algum ruído daquele canto, "para concluir, eu acho que, em primeiro lugar, você tem que ligar pro Roy e avisar que está indo, para não se deparar com nada que vá te fazer sair de lá correndo, em segundo lugar, você num leva suas melhores roupas nessa sua mala boa, só enfia qualquer merda velha embalada em qualquer coisa velha e simplesmente se ajoelha e vai se despedaçando pro Roy poder..."

Todas sabíamos que ela nunca chegaria no três. E todas sabíamos exatamente o que seria a interrupção, então nos sentamos na cama e calamos Inez com o próprio "Tááá" típico dela.

"Eu sei", disse Gail, se inclinando pra fora da cama como se fosse empurrar Inez de volta pra cadeira caso ela tivesse pensando em se levantar e sair, "você num é do drama pesado e intriga. 'Sem cilada, sem culpa', como você diz."

As Garotas Johnson • 185

"Eu tenho o direito de ser exatamente quem eu sou", respondeu Sugar, imitando Inez.

"A única máscara adequada pra usar na vida é seu próprio rosto", disse Marcy, exatamente como Inez.

"Mas, olha", falou Gail, "Roy é único. Acredita em mim. Tô ligada desde o jardim de infância e sei do que tô falando. Homens? Esse é meu melhor lance. E o que tá lá fora num é nada. Pegou a visão? Nada, nadinha, necas. E o Roy exige uma conspiração muito pesada porque ele vale a pena todos os problemas que sua fuga rabugenta tá causando pra você e suas melhores amigas. E aqui estamos", disse, alisando as dobras das coxas e se levantando, arrastando todas nós, "as Garotas Johnson. E tenho certeza de que podemos criar um plano seguro pra te ajudar, Inez, seja o que for que você queira. Não só pra tirar ele de Knoxville e correr cinquenta metros. Mas um plano completo."

Gail foi até a mala e passou a mão por ela como se os mapas e gráficos de Sugar tivessem sendo jogados de lado pra dar lugar ao plano-mestre.

"Temos doze horas pro voo", disse. "Vamos nessa."

"Tô pronta", falou Sugar, arrastando as cadeiras como se fosse noite de pôquer em Dodge City. "Porque eu preciso de uma Nez e um Roy na minha vida pra manter a placa prato-feito no horizonte."

"Vou pedir pra senhora das ervas pra preparar um pouco de café e suspender o jantar", disse a pequena Marcy saltitando pro corredor.

"Vou mandar o Thumb buscar cigarros", falei, com a certeza de que poderia mandar Thumb buscar qualquer coisa em qualquer lugar a qualquer hora e ir pra Turquia comprar cigarros se necessário. E aí, como um acontecimento telepático, veio o Thumb subindo seis degraus de uma vez e sorrindo e seu sorriso e suas sobrancelhas se erguem como se dissessem Posso fazer alguma coisa pra você, querida. Então eu imito uma baforada e ele sai porta afora e tô meio que curtindo ele quando volto pro quarto.

"Ok", disse Inez como nunca disse antes e puxou sua cadeira pra perto da mala. Isso me fez parar de repente e Gail parecia estupefata. "Ok", falou de novo e alguma coisa me pega nas costelas. Amor amor amor amor amor. Todas nos sentamos e Inez abriu o punho e as chaves e o bilhete amassado caíram na mala. Sugar olha pra Gail e Gail olha pra Marcy e Marcy olha pra mim. Eu olho pra Inez e ela tá sentada tão pertinho que vejo o tremor percorrer suas costas. E não consigo respirar. Alguém abriu um guarda-chuva molhado no meu peito. E estremeço por mim prevendo o que tá por vir.

"Ok", falei, assumindo o comando. "Primeiro vamos ver esse bilhete."

"Bora", respondeu Gail e acendeu meu cigarro.

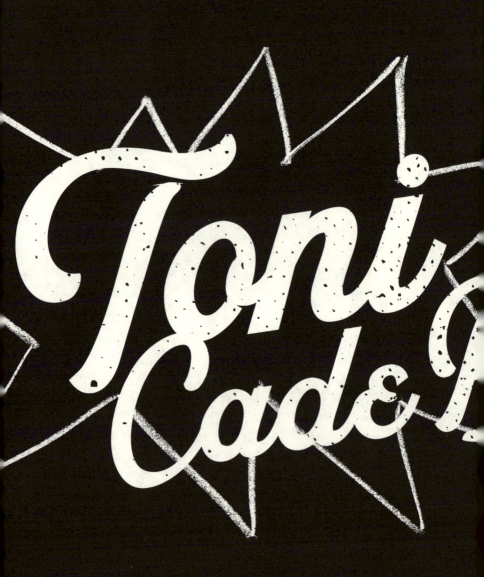

ambara

TONI CADE BAMBARA foi escritora, cineasta, ativista e educadora. Na década de 1960, integrou o *Black Arts Movement* (Movimento das Artes Negras) e foi atuante na ascensão do feminismo negro. É autora de duas coletâneas, *Gorila, Meu Amor* e *The Sea Birds Are Still Alive*, um romance, *The Salt Eaters*, e uma coleção póstuma de histórias e ensaios, *Deep Sightings and Rescue Missions*. Editou *The Black Woman*, antologia feminista inovadora, apresentando apenas mulheres negras que mais tarde se tornaram reconhecidas, como Alice Walker, Audre Lorde e Nikki Giovanni, e *Tales and Short Stories for Black Folks*. Morreu em dezembro de 1995.

Olhe atentamente para o presente que você vem construindo: ele precisa se parecer com o futuro com o qual você está sonhando.
— ALICE WALKER —

DARKSIDEBOOKS.COM

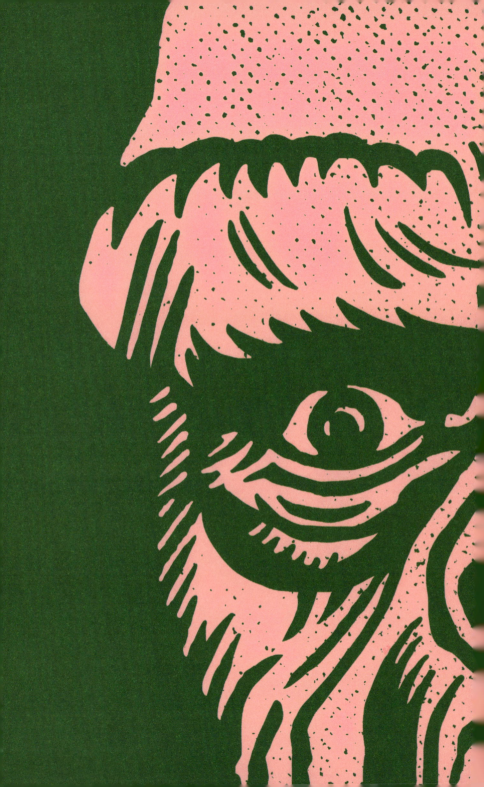